AF146092

Emily Bold

Vergessene Küsse

Band 1 der Windham-Reihe

Vergessene Küsse

Die Suche nach dem sagenumwobenen Gemälde, der Venus von Lavinium, führt Devlin Weston, den Earl of Windham, nach Essex und zu Danielle Langston.

Der Anblick der attraktiven Witwe weckt die Erinnerung an längst vergessene Küsse und entfacht nie gekannte Gefühle.

Doch Devlins Jagd nach der Venus entwickelt sich für Danielle zur tödlichen Gefahr ...

Autorin

Emily Bold lebt mit ihrer Familie in einem idyllischen Ort in Bayern mit Blick auf Wald und Wiesen - äußerst ruhig und inspirierend. Sie schreibt Liebesromane, Paranormal Romance und Jugendbücher.

Titel von Emily Bold

Klang der Gezeiten
Ein Kuss in den Highlands

Gefährliche Intrigen
Mitternachtsfalke
Blacksoul - In den Armen des Piraten

Vergessene Küsse
Verborgene Tränen
Verlorene Träume

Vanoras Fluch (The Curse 1)
Im Schatten der Schwestern (The Curse 2)
Das Vermächtnis (The Curse 3)

The Darkest Red: Aus Nebel geboren
The Darkest Red: Von Flammen verzehrt
The Darkest Red: Im Dunkel verborgen

Emily Bold

BAND 1 DER WINDHAM - REIHE

Deutsche Erstausgabe 2013

http://emilybold.de

Herstellung und Verlag:
BoD – Books on Demand, Norderstedt

ISBN 978-3-7357-5088-4

Prolog

*D*ie diesjährige Ballsaison würde in wenigen Augenblicken mit einem pompösen Feuerwerk ihren Höhepunkt erreichen. Die schillernde Menge bewegte sich durch die weit geöffneten Türen hinaus auf die hell erleuchteten Terrassen, um eine gute Sicht auf das Spektakel zu haben. Üppige Matronen, mit kunstvollen Haarkreationen und anderem Kopfputz, drängten sich in die vordersten Reihen, umgeben von den willigen und nicht minder herausgeputzten Dandys, die ihnen den Hof machten. Dann kamen die Ehefrauen, Anstandsdamen und Debütantinnen, die mit etwas mehr Würde versuchten, dem Schauspiel beizuwohnen. Sie mussten sogar heute, am Abschlussball, einen guten Eindruck machen, denn, selbst wenn unter der Hand schon das eine oder andere Ehearrangement beschlossen worden war, konnten sie es nicht riskieren, sich in letzter Minute in ein schlechtes Licht zu rücken.

Dahinter, mit höflichem Abstand, folgten die Herren. Sie hielten sich an ihren Brandys fest und gratulierten sich heimlich zu den besonders überraschenden Eroberungen.

„Wir könnten genauso gut gleich nach Hause fahren!", schimpfte Lady Lockworth mit schriller Stimme. Sie hatte beileibe alles unternommen, um Danielle in die Gesellschaft einzuführen, aber das unscheinbare Ding hatte es in der ganzen Zeit und trotz aller Bemühungen nicht geschafft, auch nur einen nennenswerten Verehrer zu finden. So sehr sie das Mädchen auch bedauerte, sie konnte nichts mehr für sie tun. Und dieses Wissen ermüdete sie. In ihrem Alter hatte sie längst das Vergnügen an diesen ausschweifenden Gesellschaften verloren, und nur, weil sie Danielles Familie einen Gefallen schuldig war, hatte sie sich überhaupt einverstanden gezeigt, dem Kind diese Ballsaison zu ermöglichen. Eine weitere würde sich Danielles Familie ohnehin nicht leisten können, und so würde das Mädchen vermutlich ihre Bestimmung in einem Kloster suchen müssen.

Nun – das Schicksal dieses Kindes sollte nicht länger ihre Sorge sein. Sie wollte nun nach Hause und diese lästige Verpflichtung abschließen – und das am besten, ehe die Kutschen sämtlicher Ballgäste die Straßen Londons verstopfen würden und der Rückweg doppelt solange dauern würde, wie wenn sie sofort aufbrächen.

Lady Lockworth glaubte nicht an ein Wunder, welches in den letzten Minuten aus dem hässlichen Entchen einen schönen und begehrenswerten Schwan machen würde.

„Danielle, habt Ihr mich gehört?", wiederholte sie ihre Frage ungeduldig und zupfte dem Mädchen am Arm.

Mit einem traurigen Nicken wandte Danielle ihren Blick von den elegant gekleideten Menschen, die in Erwartung des Feuerwerkes in die Dunkelheit der Nacht entschwanden. Keiner der Herren hatte sie aufgefordert, ihn hinauszubegleiten, keiner sah zu ihr hin, als sie allein im riesigen Saal zurückblieb. Es schien niemandem aufzufallen.

Tapfer presste sie die Lippen aufeinander, bemüht die Tränen zurückzuhalten, die drohten, ihre Augen zu überfluten.

„Natürlich, Lady Lockworth. Wir können auch gleich

gehen", stimmte sie der groß gewachsenen, strengen Frau zu, die nach dem Tod ihres Gatten nie ihre Witwentracht abgelegt hatte. Ob die griesgrämige Miene der Baronesse und deren bedrückende schwarze Kleidung womöglich die jungen Herren abgeschreckt hatten, würde Danielle nie herausfinden, denn eine weitere Chance würde sie nicht bekommen.

Nein, Danielle durfte nicht ungerecht werden. Lady Lockworth hatte sie immer gut behandelt, ihre Einflüsse geltend gemacht, um Danielle in ihre Kreise einzuführen, und sie sogar über die Mittel hinaus, die ihr Vater ihr für diese Saison zugestanden hatte, ausstaffiert.

Dass Danielle nicht den Geschmack der Herren getroffen hatte, lag wohl eher an ihrem Erscheinungsbild.

Sie war – Lady Lockworths harsche Worte zitierend – „erschütternd burschikos".

Ihr schlanker Wuchs, die beinahe nicht vorhandenen weiblichen Formen und ihre ungewöhnliche Größe, die fast mit der ihrer Brüder mithalten konnte, entsprachen nicht dem, was sich die feinen Herren bei ihrer zukünftigen Ehefrau vorstellten. Da halfen auch ihr offenes Lächeln und ihre großen braunen Augen nichts. Lady Lockworth war sogar soweit gegangen, sie zu bitten, nicht so oft zu lächeln, da sonst jeder sofort bemerken würde, dass ihr Mund für ihr Gesicht ein wenig zu groß geraten war. Einzig ihr goldbraunes Haar hatte ihr Komplimente der Baronesse eingebracht. Doch da es Mode war, dass alle jungen Damen ihr Haar zu schlichten Kronen um ihren Kopf flochten, konnte Danielle mit ihren glänzenden Locken nicht brillieren.

Mit einem beinahe mitfühlend zu nennenden Blick tätschelte Lady Lockworth nun Danielles kalte Hände.

„Das ist nicht das Ende, Mädchen. Das Leben hat eben

einen anderen Plan für Euch. Und nun zieht nicht so ein Gesicht, sondern kommt."

Damit zog die Baronesse Danielle hinter sich her durch den leeren Saal. Sie ließen sich ihre Mäntel geben, und die ältere Dame atmete erleichtert durch, als sie die Eingangsstufen hinabstiegen und sie dem Lakaien ein Zeichen geben konnte, eine Kutsche zu rufen.

Gerade war Lady Lockworth eingestiegen, als Danielle etwas einfiel.

„Mein Fächer!", rief sie und zögerte. „Lady Lockworth, Ihr müsst mich kurz entschuldigen, ich habe meinen Fächer vergessen!"

Aus den dunklen Tiefen der Kutsche drang ein unwilliges Schnauben, ehe die Baronesse den Kopf noch einmal herausstreckte.

„Vergesst den Fächer! Ihr habt Dutzende und werdet sie ja doch nie wieder brauchen."

„Aber dieser war der schönste von allen! Ich bin gleich zurück!", widersprach Danielle, raffte ihr nach neuester Mode geschneidertes, eierschalenfarbenes Kleid und eilte die Stufen hinauf, zurück in den hell erleuchteten Ballsaal.

Nur einige Lakaien bemerkten ihre Rückkehr, denn alle anderen Gäste hatten sich inzwischen in den Garten begeben. Sie sah sich in dem leeren Raum um, die hellen Kandelaber über ihrem Kopf zauberten ein funkelndes Muster auf den Marmorboden, welches von den Spiegeln an den hohen Wänden noch tausendfach gebrochen wurde. Die Musiker stimmten in dieser kurzen Verschnaufpause ihre Instrumente neu, und nur das sachte Streichen des Cellisten war zu vernehmen.

Mit schnellen Schritten durchquerte Danielle den Saal, und das Rascheln ihres Kleides erschien ihr so laut, dass sie fürchtete, doch noch die Aufmerksamkeit eines Gastes auf sich zu ziehen. Dabei wollte sie wirklich nicht noch einmal die mitleidigen Blicke der anderen Damen auf sich spüren, die ihr vom ersten Tag an mit unverhohlener Ablehnung begegnet waren.

Auf dem Tischchen neben der zum seitlichen Garten führenden Terrassentür hatte sie ihren Fächer zuletzt gesehen, und tatsächlich sah sie die goldbraune Spitze unter dem üppigen Blumenbouquet liegen. Erleichtert nahm sie den Fächer an sich. Die goldene Stickerei eines Delfins inmitten schäumender Wellen hatte ihr vom ersten Moment an gefallen.

Sie wollte gerade zurück zu Lady Lockworth eilen, als der erste Knall des Feuerwerkes der begeisterten Menge ein staunendes „Ohhhh" entlockte. Neugierig sah Danielle durch die Scheibe. Purpurfarbene Sterne regneten vom Firmament, und große Traurigkeit ergriff von ihr Besitz. All diese Menschen hatten einen Grund zum Feiern. Nur ihr Leben war ein Trauerspiel. So traurig, dass sie es nicht einmal wert war, dieses Feuerwerk ansehen zu können. Eine goldene Fontäne ergoss sich über den Nachthimmel, und Danielle öffnete die Glastür. Langsam trat sie hinaus, den Blick gebannt auf den Zauber über sich gerichtet. Vergessen waren die wartende Baronesse, die ungewisse Zukunft und die traurige Tatsache, dass keiner der Herren ihr den Hof gemacht hatte. Sie öffnete ihr Herz für die Schönheit des Augenblicks und ließ die Magie des Himmelsfeuers ihre Seele verzaubern.

Das warme Lachen einer Frau und gemurmelte Worte rissen Danielle aus ihren Träumen. Schnell trat sie in den Schatten einer großen Kübelpflanze und hielt den Atem an. Herrje, sie stand hier in der Dunkelheit, wie ein Dieb. Eine schwarzhaarige Schönheit mit leuchtend roten Lippen und schwarz umrandeten Augen trat auf die seitlich etwas abgelegene Terrasse, und ihr koketter Wink mit dem Fächer rief einen Mann heran.

Danielle wünschte, der Boden möge sich auftun, als sie erkannte, dass die beiden sie nicht bemerkt hatten und allem Anschein nach vorhatten, auf die Regeln des Anstandes zu verzichten. Mit großen Schritten hatte der Mann die Dame erreicht und seine Hände um ihre schmale Taille gelegt. Mit heiserer Stimme sagte er etwas zu ihr, und sie warf verführerisch ihren Kopf zurück, sodass der Herr sogleich ihren Hals küsste.

Danielle sah die Frau mit großen Augen an. Sie war perfekt. Ihr rotes Kleid, beinahe unanständig tief ausgeschnitten, ihr Haar in einer offenen Kaskade eine zur Schau getragene Rebellion gegen die Konventionen. Als der Mann ihr nun das Kleid von der Schulter streifte und ihre volle, nackte Brust umschloss, kniff Danielle die Augen zu. Aber das lustvolle Stöhnen der Frau ließ sie neugierig werden, und so spähte sie durch einen schmalen Schlitz noch einmal auf das sehr beschäftigte Paar. Der Mann war groß. Einiges größer als seine Begleitung und keiner von den jungen Herren, die um die Debütantinnen herumgeschwänzelt waren. Tatsächlich hatte Danielle ihn auf keinem der anderen Bälle gesehen. Und sie nahm an, dass er ihr aufgefallen wäre. Denn er strahlte eine Kraft und Dominanz aus, die ihr einen Schauer über den Rücken jagten. Sie wagte es kaum, ihn anzusehen, daher senkte sie ihren Blick. Aber das war nicht wirklich besser, denn nun bewunderte sie seine kräftigen Beine, die sich sehnig und doch elegant unter dem Stoff seines Anzugs abzeichneten. Die Hände der Frau wanderten schamlos über den Hintern des Mannes, und Danielle bemerkte, wie sie ebenfalls ihre Hände ausstreckte. Schnell zwang sie sich, diesen Unsinn zu lassen, aber es wollte ihr nicht gelingen, den Blick erneut abzuwenden. Sie hatte noch nie gesehen, wie …

Der Unbekannte stöhnte und drängte die Frau weiter. Seine Hände schoben ihre Röcke weiter nach oben, und er hob ihren Oberschenkel an, während seine andere Hand in den Tiefen des um ihre Hüften gebauschten Stoffes verschwand.

„Mylord!", keuchte die Frau, und Danielle stockte der Atem. Sollte sie der Frau zu Hilfe kommen?

„Oh, Mylord! Bitte, hört nicht auf!", flehte die Dame und warf ihren Kopf in den Nacken. Mit einem triumphalen Lächeln öffnete der Mann die Augen und erstarrte, als er Danielle bemerkte.

„Mylord!", flehte die Frau nun drängend und presste sich an ihn.

Danielles Wangen glühten vor Scham, und ihr stiegen die Tränen in die Augen. Was sollten die zwei von ihr denken? Aber entgegen ihrer Befürchtung, einen Skandal auszulösen, nun, wo sie bemerkt worden war, passierte nichts. Der Mann lächelte noch eine Spur breiter, zwinkerte ihr zu, und, ohne seinen Blick von ihr zu nehmen, setzte er sein Spiel mit der Dame fort. Er strich ihr das glänzende Haar von der Schulter und bot Danielle damit einen freien Blick auf sein Gesicht, während seine Lippen den Hals der Dame liebkosten.

Er spielt mit mir, dachte Danielle und konnte doch nicht umhin zu bemerken, dass sich ihre eigene Atmung ebenso beschleunigte wie die der Frau.

„Devlin!", schrie diese gegen sein Revers, als sie kraftlos und schwer atmend gegen ihn sank.

Der Mann namens Devlin hob sein Gesicht, sein glühender Blick lag auf Danielles geröteten Wangen und ihren zitternden Lippen. Sein diabolisches Grinsen zeigte eine ebenmäßige Reihe weißer Zähne, ehe er seiner Gespielin einen harten Kuss auf den rot bemalten Mund presste.

„Claire, Darling, es wird Zeit, dass du wieder hineingehst, ehe jemand unser beider Verschwinden bemerkt. Ich komme in wenigen Augenblicken nach."

Sanft dirigierte er die Schönheit zurück zur Tür und zupfte dabei ihre Röcke zurecht. Sein breiter Rücken schirmte Danielle vor möglichen Blicken ab, auch wenn sie jede Bewegung der Frau genau sehen konnte. Etwas entrückt, aber mit einem zufriedenen Glanz in den Augen presste diese sich ein letztes Mal an ihren Liebhaber und zog sich das Mieder wieder über ihrer Brust zurecht, ehe sie in den sich langsam wieder füllenden Ballsaal zurückkehrte.

Danielle hatte Mühe, nicht in Ohnmacht zu fallen. Was sie da eben zu sehen bekommen hatte, war nicht für die Augen einer siebzehnjährigen Jungfrau gedacht, dessen war sie sich sicher. Und das Schlimmste war, dass der Mann noch immer nicht ging. Warum konnte er nicht einfach verschwinden, ohne die Szene noch schlimmer zu machen? Ahnte er nicht, wie furchtbar sie sich fühlte?

Danielle überlegte, ob sie nicht einfach durch den Garten flüchten sollte, aber mit ihren Samtschuhen würde sie nicht weit kommen.

Der Mann drehte sich um.

Er trat näher, und Danielle musste den Kopf in den Nacken legen, um zu ihm aufsehen zu können. Das passierte nicht oft, denn sie war so groß wie viele Männer. Wie konnte sie erwarten, ein Mann namens Devlin würde einfach so tun, als sei nichts passiert?

Devlin streckte seine Hand nach ihrem Haar aus und zog eine Haarnadel heraus, ohne seinen amüsierten Blick von ihrem verängstigten Gesicht zu nehmen.

„Mylord, bitte!", flehte Danielle und riss ihren Kopf zurück, was eine weitere Haarnadel aus ihrer Frisur löste.

Ihr Gegenüber schenkte ihr keine Beachtung, sondern grub seine Hände in ihr Haar, sodass sich alle ihre mühsam aufgesteckten Locken lösten, und die Nadeln mit einem klimpernden Geräusch zu Boden fielen.

„Das wollte ich die ganze Zeit tun", sagte er beiläufig und trat zufrieden einen Schritt zurück, um die Kaskaden glänzender Locken zu bewundern.

„Die ganze Zeit?"

Danielle fürchtete, sie könne den Verstand verlieren. War sie überhaupt wach? War dies die Wirklichkeit oder einer dieser ganz verrückten Träume, bei denen man erleichtert war, wenn man erwachte?

„Die ganze Zeit, als ich …"

„Mylord!", rief Danielle erschüttert. „Bitte schweigt! Ich weiß, wovon Ihr sprecht, aber ich verstehe nicht, warum Ihr es tut! Bitte, lasst mich gehen. Lady Lockworth wird sich schon Sorgen machen."

„Warum ich davon spreche? Es erheitert mich. Tatsächlich muss ich zugeben, hat mich Eure Anwesenheit hier mehr unterhalten als die der reizenden jungen Lady Winther, die Ihr soeben gesehen habt."

„Ihr müsst verrückt sein! Und ich werde nun gehen, denn es wäre mit Sicherheit nicht gut, wenn man mich hier allein in Gesellschaft eines … eines … eines Mannes vorfände!"

Danielle ärgerte sich, dass die Schamesröte sie sicher noch unvorteilhafter aussehen lassen musste, als sie ohnehin schon war. Im Vergleich mit der schwarzhaarigen Lady musste sie wahrlich erbärmlich wirken.

„Natürlich solltet Ihr schnellstmöglich gehen. Mit mir

gesehen zu werden, würde Euren guten Ruf ruinieren und jegliche Aussicht auf eine angemessene Ehe zunichtemachen."

Mit einer eleganten Verbeugung trat er einen Schritt zurück und gab den Weg frei.

„Schön, dass Ihr Euch sorgt, aber da meine Zukunft in einem Kloster zu liegen scheint, könnt Ihr Euch das ersparen!"

Mit leiser Genugtuung stellte Danielle fest, dass Devlin überrascht die Augenbrauen hob.

„Ein Kloster?" Er trat wieder näher. „Was wollt Ihr in einem Kloster?"

„Nichts. Aber wann werden Frauen je nach ihren Wünschen gefragt?"

Er schwieg. Sein Blick war für Danielle nicht zu deuten, darum knickste sie höflich und schob sich an ihm vorbei.

Er streckte die Hand aus und hielt sie auf. Einen langen Moment sah er ihr ins Gesicht, ehe er es mit seinen Händen umfasste und den Kopf neigte. Sachte, ganz zart, berührten seine Lippen ihren Mund. Danielle wollte protestieren, aber seine Zunge zeichnete auf köstliche Weise ihre Lippen nach, ehe er sie bestimmt in ihren Mund gleiten ließ.

Danielles leises Wimmern beendete den Kuss, und Devlin strich ihr das Haar aus dem Gesicht.

„Ihr seid ein Mädchen, das vor Leidenschaft brennen kann! Ihr gehört in kein Kloster. Wenn Ihr eine andere Wahl habt, dann nehmt sie an!"

Kapitel 1

Windham Mannor, zehn Jahre später

Devlin Weston streckte die Beine von sich und blätterte, ohne zu lesen, weiter durch das Magazin, welches er auf seinem Schoß liegen hatte. Der letzte Artikel wollte ihm nicht aus dem Kopf gehen und weckte seine Lebensgeister. Konnte das sein? Sein Sammlerherz schlug höher, und stolz ließ er seinen Blick über die kostbaren Gemälde an den Wänden seines Arbeitszimmers gleiten.

Nicht nur in diesem Raum hatte er seine über die Jahre erworbenen Gemälde hängen, sondern inzwischen schmückten sie fast jede Wand seines Anwesens.

Die Uhr schlug Mitternacht, und Devlin rekelte sich in seinem Sessel. Mit einem bedauernden Blick auf sein leeres Glas erhob er sich und legte das Magazin beiseite. Er goss sich noch ein Glas Brandy ein und schwenkte die bernsteinfarbene Flüssigkeit im Licht der Kerzen.

Der Regen prasselte gegen die Scheiben, aber da dies seit Tagen so war, hörte Devlin das schon nicht mehr.

Mit seinem Glas in der Hand schlenderte er durch den Raum. Blieb vor seinen liebsten Gemälden einen Moment stehen und gab sich der genüsslichen Betrachtung hin.

Er würde morgen mit Dean sprechen. Der Artikel war zu interessant, als dass er ihn ignorieren konnte. Einige Nachforschungen konnten ihm ja nicht schaden. Und wer weiß, vielleicht konnte er schon bald seine Sammlung mit der sagenumwobenen *Venus von Lavinium* krönen, für deren Existenz es nicht einmal einen Beweis gab.

Aber der recht fundierte Bericht in dem Magazin der Künste stellte Behauptungen auf, wonach das Bild seit Kurzem auf englischem Boden zu finden sein sollte. Angeblich sei die Leinwand, auf die das mystische Kunstwerk gebannt wurde, mit einer Schutzschicht überzogen und dann zur Tarnung mit einem unscheinbaren Bildnis übermalt worden.

Nur wisse keiner, unter welchem Gemälde sich die *Venus* verberge, hieß es in dem Artikel.

Devlin zog an der Klingelschnur, und sofort erschien ein grauhaariger, leicht gebückt stehender Mann in der Tür.

„Mylord, Ihr habt einen Wunsch?"

„Ja, danke, Gavin. Bitte bereite alles für eine kurze Reise vor. Ich hoffe, nicht länger als einige Tage fort zu sein. Und wenn du bitte meinem Bruder sagen würdest, dass ich ihn morgen früh um neun zu sprechen wünsche. Es wird Zeit, dass er zur Abwechslung Verantwortung übernimmt. Bis ich zurück bin, soll er die Dinge hier leiten."

„Aber gerne, Mylord. Sonst noch einen Wunsch?"

„Das wäre dann alles, Gavin. Gute Nacht."

Nachdem Devlin wieder allein war, zog er einen Packen alter Zeitschriften hervor. Im flackernden Licht der Kerzen studierte er die Seiten, bis er gefunden hatte, wonach er suchte.

„Wenn ich etwas über diese Schriftrollen in Erfahrung bringe, dann finde ich auch die *Venus*", überlegte er und fuhr sich über den Dreitagebart. Sein schwarzes Haar stand ihm wirr vom Kopf ab, so oft hatte er es sich in der letzten Stunde gerauft.

Für einen Mann wie ihn, der schon alles hatte, kam es unerwartet, etwas so zu begehren, und das gefiel ihm nicht.

Dieses Gefühl hatte ihn in der Vergangenheit immer nur dazu verleitet, Dummheiten zu begehen. Wann immer es ihn wirklich nach etwas verlangt hatte, war alles entsetzlich schief gelaufen.

Das muss an der uralten Legende liegen, dachte er. Seit vielen Generationen rankten sich die Mysterien um seine Familie, da keiner seiner Vorfahren jemals das wahre Glück gefunden hatte. Im Laufe der Zeit hatten die Menschen begonnen, von einem Fluch zu sprechen. Und nach all den Generationen tragischer Beziehungen, erschein es selbst Devlin, als müsse ein Funke Wahrheit in der so entstandenen Legende liegen.

Die Frauen der Familie Weston, so erzählten sich die Leute hinter vorgehaltener Hand, würden so stark lieben, dass sie daran zugrunde gingen, die Männer hingegen seien zu solchen Gefühlen unfähig.

Vielleicht war es tatsächlich so, denn geliebt hatte Devlin in seinen sechsunddreißig Lebensjahren noch nicht. Und er hatte es auch nicht vor. Denn wenn er eines aus den Fehlern seiner Vorfahren gelernt hatte, dann, dass allzu starke Gefühle angreifbar machten. Aus diesem einfachen Grund gefiel es ihm nicht, wie euphorisch er seinem Vorhaben entgegensah.

Aber hier ging es ja nicht um irgendein Gemälde.

Die *Venus von Lavinium* sollte angeblich von Aeneas, dem Sohn der Liebesgöttin Venus, persönlich nach Lavinium gebracht worden sein und die Kräfte der Göttin in sich tragen. Einige Überlieferungen berichteten, Teile des Gemäldes seien mit dem Blut der Liebesgöttin gemalt worden.

Ein Bild mit der Kraft der Liebe in sich. Was würde

geschehen, wenn ein Mann wie er, dem womöglich Liebe nicht vorherbestimmt war, diesen Schatz in den Händen hielte? Würde sich auch für ihn das Schicksal wenden und ihm die Liebe bringen?

„Dean! Hörst du mir überhaupt zu?", fragte Devlin am nächsten Morgen mit deutlichem Unmut in der Stimme.

Sein jüngerer Bruder, der die Füße lässig auf der Tischplatte gekreuzt hatte und damit beschäftigt war, sich eine Zigarre anzustecken, brummte eine unverständliche Zustimmung.

„Entschuldige, Dev, aber ich bin wenig begeistert, das Haus zu hüten", gestand Dean und paffte einen Rauchkringel in Richtung seines Bruders. „Ich hatte eigentlich nicht vor, lange hier in *Windham* zu verweilen. Lady Rochester und ich …"

Devlins Blick verfinsterte sich.

„Da wir gerade davon sprechen – Lady Rochester ist nicht gerade das, was sich Vater für dich als tugendhafte Ehefrau wünschen würde. Du solltest diese Liaison wirklich nicht vertiefen."

Dean lachte, kippte seinen Stuhl auf zwei Beine nach hinten und verschränkte die Arme hinter dem Kopf.

„Nein, tugendhaft ist Lady Rochester nun wirklich nicht, aber um ehrlich zu sein, ist es genau dies, was ich an ihr so schätze. Und solange Vater mit Ehefrau Nummer drei und Rose in Frankreich weilt, muss ich mir darüber auch keine Gedanken machen."

„Du kannst nicht ewig so weitermachen", wies ihn Devlin zurecht.

„Ach nein? Und was ist mit dir, Bruderherz? Irre ich mich, oder erbst nicht *du* den Titel? Such du dir doch eine Ehefrau", schlug Dean wenig beeindruckt vor.

Devlins Blick verfinsterte sich noch weiter.

Sein Bruder wusste ganz genau, dass er nicht vorhatte zu heiraten. Eine arrangierte Ehe – nur des Titels wegen, kam für ihn nicht infrage. Dann würde er es doch wieder so halten wie Dean und sich eine Mätresse suchen. Aber in letzter Zeit langweilten ihn selbst diese Beziehungen. Stattdessen beschäftigte er sich mit Kunst. Und, um dieser Leidenschaft nachgehen zu können, war es vonnöten, dass Dean Verantwortung übernahm.

„Also, was ist nun? Kann ich mich auf dich verlassen? Könntest du deine Pläne mit Lady Rochester nicht um einige Tage verschieben?", fragte er und blieb eine Antwort schuldig.

„Hm, wie lange hast du denn vor, diesem geheimnisvollen Gemälde nachzujagen? Du glaubst doch nicht an den Unsinn mit den besonderen Kräften dieses Bildes, oder?"

„Wer weiß? Aber unabhängig davon, wäre es eine Sensation, wenn das Bild wirklich existieren würde. Es wäre ein Vermögen wert."

Dean drehte nachdenklich die Zigarre zwischen seinen Fingern und fuhr sich mit der anderen Hand durch die dichten schwarzen Haare. Seine dunklen Augen blitzten bedauernd, als er an das Liebesspiel mit Lady Rochester dachte, welches er nun würde aufschieben müssen. Theatralisch erhob er sich und schlug sich auf die Brust.

„Nun denn, Dev, eile hinfort, um den Schatz zu erlangen, der die Liebe – oder zumindest ein *Vermögen* – in dieses Haus führen wird!"

Kapitel 2

Essex

D anielle Langston umarmte ihren Sohn. Tränen schwammen in ihren Augen, und die Stimme schien ihr vor Herzschmerz zu versagen. Sie hatte Angst. Sie wollte ihn nicht ziehen lassen, so kurz nach dem plötzlichen Tod ihres Mannes. Aber die Reise des Zehnjährigen zu Verwandten in Frankreich war lange geplant, und so bestand sie trotz ihrer Trauer darauf, dass Christopher seine Pläne nicht aufgeben durfte. Er musste die Reise antreten – sein Vater hätte es so gewollt.

„Du wirst mich doch nicht vergessen, oder?", fragte sie und hauchte ihm einen Kuss auf die Wange.

„Wo denkt Ihr hin, Mutter? Ich werde Euch niemals vergessen! Ich werde Euch jeden Tag einen Brief schreiben und bei meiner Rückkehr ein Geschenk mitbringen – versprochen."

„Du bist ein guter Junge, dein Vater wäre stolz auf dich", flüsterte Danielle mit tränenerstickter Stimme und deutete auf die Kutsche, auf der soeben Christophers letzte Koffer verladen wurden. „Steig ein, es geht los."

„Lebt wohl, Mutter, ich liebe Euch!"

Damit schloss er den Kutschenverschlag hinter sich und gab dem Kutscher ein Zeichen zum Aufbruch.

Lange, nachdem der Staub auf der Straße sich wieder gelegt hatte, stand Danielle noch immer da und sah in die Ferne. Ihr Leben hatte keinen Anker mehr. Keinen

Mittelpunkt. Keinen Sinn. Es gab nur noch sie.

Müde drehte sie sich um und ging die Straße den Hang hinauf, aus dem Dorf hinaus. Matthew Langstons Haus stand eine Meile außerhalb des Ortes. Er hatte viel Platz gebraucht für seine Experimente, für seine Wissenschaft, und manchmal auch einfach nur für sich. Danielle hatte das nie viel ausgemacht, aber nun fürchtete sie sich, in das große Haus zurückzukehren und Tag für Tag allein darin zu leben.

Und zum ersten Mal seit vielen Jahren gingen ihr die Worte eines Mannes durch den Kopf. Eines Mannes, der, wenn man so wollte, ihr Leben bestimmt hatte.

„Ihr gehört in kein Kloster. Wenn Ihr eine andere Wahl habt, dann nehmt sie an!", hatte er gesagt.

Und sie hatte auf ihn gehört. Sie hatte es getan, weil in den vielen Nächten, die auf die Begegnung mit dem Fremden gefolgt waren, keine einzige dabei gewesen war, in der sie nicht von seinem Kuss geträumt hatte. Vor die Wahl gestellt, Matthew Langston zu ehelichen oder in ein Kloster zu gehen, hatte sie nur den Kuss des Fremden auf ihren Lippen geschmeckt und sich für die Ehe entschieden.

Wenn ich damals das Kloster gewählt hätte, dachte Danielle, während sie den letzten Anstieg zum Haus hinauf nahm, *dann müsste ich nun zumindest nicht diese Einsamkeit ertragen.*

„Lady Langston, um Himmels willen, geht es Euch gut?"

Das Hausmädchen schlug die Hand vor den Mund, als sie Danielles blasses Gesicht und die verheulten Augen sah.

„Nein, Sally", gestand Danielle und legte ihren Mantel ab. Der eisige Dezemberwind würde schon bald für Schnee sorgen, aber auch jetzt hatten die Kälte und die vergossenen Tränen Danielles Haut gereizt, und sie schickte das Mädchen nach einer Tasse Tee, um sich aufzuwärmen und sich zu sammeln. Sie war kein junges Mädchen mehr, das seine Tränen ungehemmt vergoss. Sie war eine erwachsene Frau und sollte in der Lage sein, ihre Gefühle besser zu kontrollieren. Mühsam schluckte sie den Kloß in ihrem Hals hinunter und rang um Fassung. Als die eifrige Sally mit dem Tee zurückkam, saß Danielle steif, aber beherrscht in dem kleinen Salon.

„Bitte, entschuldige meinen Ausbruch, Sally. Aber Christopher gehen zu lassen, war schwerer, als ich erwartet hatte."

„Ihr müsst Euch doch für die Liebe zu Eurem Sohn nicht entschuldigen. Ich konnte mein Elternhaus nur unter einer wahren Flut an Tränen verlassen. Der junge Herr wird selbst mir schrecklich fehlen. Soll ich vielleicht in die Küche gehen und einige Kekse backen? Meine Großmutter hat immer gesagt, Kekse helfen in jeder Not."

Danielle musste lachen, und tatsächlich hatte die aufgeweckte Sally es geschafft, ihr ein klein wenig ihrer Trauer zu nehmen.

„Danke, Sally. Das wäre wirklich großartig. Aber sag mir, warum hast du mir nicht schon nach dem Tod meines Mannes Kekse gebacken? Dann ginge es mir heute vielleicht schon viel besser."

Verlegen senkte Sally den Kopf und besah den Saum ihrer weißen Schürze.

„Mylady, bitte entschuldigt, aber nach dem Tod von Mister Langston wart Ihr nicht in Not. Ihr wart ... wütend und aufgebracht. Ich nehme nicht an, dass Kekse da das Richtige gewesen wären. Ich meine ... Ihr hättet vielleicht auf etwas einschlagen sollen", gab Sally zögerlich zu bedenken.

Danielle runzelte die Stirn. Sally wand sich unter ihrem Blick und, weil sie das Mädchen nicht quälen wollte, lächelte sie und entließ sie in die Küche.

Wut? War ihre damalige Gefühlslage für alle so offensichtlich gewesen, dass sogar das Personal erkannt hatte, was ihr bis zu diesem Moment noch nicht einmal klar gewesen war? Wut. Ja, Sally hatte ganz recht. Sie war wirklich wütend gewesen. Immerhin waren die Umstände von Matthews Tod furchtbar demütigend für sie gewesen. Und noch heute, drei Monate nach der Beerdigung, hörte sie die Leute hinter vorgehaltener Hand tuscheln, wenn sie ins Dorf kam.

„Verflucht, Matt, warum hast du mir das angetan?", fragte sie in die Stille.

Der Abschied von Christopher, die Umstände des Todes ihres Mannes und die Sorge um ihre Zukunft machten Danielle ruhelos. Sie sah aus dem Fenster auf die weiten Felder. Wie sie vorhergesagt hatte, ließ der erste Schnee nicht länger auf sich warten, und in einem wirbelnden Tanz fielen die weißen Flocken vom Himmel. Wie tröstlich wäre es, all ihre Sorgen unter einer dicken, weißen Schneedecke begraben zu können? Diese Vorstellung ließ Danielle leichter atmen, und mit einem Mal ertrug sie ihre eigene Untätigkeit nicht länger. Sie würde endlich die unzähligen Beileidsbekundungen und Briefe der Dorfbewohner sichten, die seit Wochen unbeachtet hier herumlagen. Sie musste endlich anfangen, die Trümmer ihres Lebens zusammenzufegen.

Sie griff nach dem ersten Umschlag und verzog angesichts der mitfühlenden Worte theatralisch das Gesicht. Endlich las sie Brief um Brief, Karte um Karte und dankte im Stillen den Leuten für ihre Anteilnahme, auch wenn sie in den hohlen Beileidsbekundungen keinen wirklichen Trost fand. Als sie den nächsten Brief öffnete, runzelte sie überrascht die Stirn.

Devlin Weston sah aus dem Kutschfenster. Hier in Essex war es noch ein paar Grad kühler als in London, was vermutlich daran lag, dass es sich näher an der Küste befand. Tatsächlich hatte es vor wenigen Minuten angefangen zu schneien, und die Landschaft vor dem Fenster sah aus wie gezuckert. Für ihn spielte das keine Rolle, nur würden schneebedeckte Wege seinen Reiseplänen vermutlich nicht gerade dienlich sein. Aber womöglich machte er sich ganz umsonst Sorgen, denn insgeheim hoffte er, schon in Kürze genau die Antworten auf seine Fragen zu bekommen, die er suchte. Dann würde eine weitere Reise unnötig sein. Er hoffte, der Brief, der seine Ankunft ankündigen sollte, war vor ihm eingetroffen. Schließlich war er selbst sehr eigen, was überraschende Besucher betraf. In seinen Augen konnte eben niemand mit Gastfreundschaft rechnen, der unangemeldet sein Leben stören wollte.

Die Kutsche wurde langsamer, und Devlin strich sich die Mantelschöße glatt. Er war schon sehr gespannt, was ihm Mister Langston über die *Venus* würde berichten können.

Voller Erwartung sprang er aus der Kutsche und trat an die Tür, die ihm prompt geöffnet wurde. Wie es aussah, hatte man ihn erwartet.

Der steife Butler mit dem ordentlich getrimmten Schnauzbart und einer schlichten Livre bat Devlin herein und schloss gerade die Tür hinter ihm, um die Schneeflocken auszusperren, als eine Frau in die Halle eilte.

„Sally, Joseph, weiß einer von Euch, wann dieser Brief kam?", fragte die Frau, ganz vertieft in die Betrachtung des Schriftstücks, welches sie nun in die Höhe hielt. „Ein gewisser Lord Weston, Earl of Windham, kündigt seinen Besuch an", erklärte sie, noch immer ratlos auf den Brief blickend. „Das fehlt mir gerade noch!"

Josephs doch sehr verlegenes Räuspern schaffte es schließlich, wenn auch etwas zu spät, um die peinliche Situation noch zu verhindern, dass die Frau das Blatt sinken ließ und aufsah.

Als sie den Gast bemerkte, fuhr sie erschrocken zusammen, und das Blut schoss ihr in die Wangen.

„Mylady, Ihr habt Besuch. Gerade bat ich den Herrn herein", erklärte Joseph um Haltung bemüht.

Devlin trat nach vorne und reichte der ganz in Schwarz gekleideten Frau die Hand.

„Lady Langston, bitte entschuldigt den Überfall. Wie ich sehe, erfahrt Ihr gerade erst von meiner Absicht, Lord Langston einen Besuch abzustatten. Ich bin untröstlich, Euch derart zu überfallen, aber es ist eine Angelegenheit höchster Dringlichkeit, die mich hierhergeführt hat."

Sein besonderes Lächeln, so hoffte er, konnte die Dame des Hauses beschwichtigen und sie veranlassen, Lord Langston über seinen Besuch zu unterrichten.

Danielle schwankte. Die Halle schien sich um sie zu drehen, seit der Besucher ihre Hand ergriffen hatte, und sein Lächeln brachte sie beinahe zu Fall. Unsicher sah sie dem *Fremden* in die Augen und schüttelte fassungslos den Kopf. Das war unmöglich! Die Erlebnisse des Tages waren anscheinend zu viel für ihre Nerven. Ganz sicher irrte sie sich! Dieser Mann vor ihr, wie war noch gleich sein Name gewesen? Lord Weston? Das konnte unmöglich derjenige sein, für den sie ihn hielt. Sie bemerkte das hysterische Lachen, welches ihrer Kehle entwich, aber sie schaffte es nicht, es zu unterdrücken.

„Lord Weston, es tut mir leid, aber mein Mann wird Euch leider nicht empfangen können", erklärte sie, noch immer darum bemüht, sich ihren Aufruhr nicht anmerken zu lassen. Das war beinahe ein Ding der Unmöglichkeit, denn wie vor zehn Jahren wünschte sie nur, der Boden möge sich unter ihren Füßen auftun und sie verschlingen.

Aber natürlich war ihr auch diesmal das Schicksal nicht wohlgesonnen, und so geschah nichts dergleichen. Stattdessen richtete sich Lord Weston zu seiner wirklich beeindruckenden Größe auf und sah mit einem leichten Anflug von Ungeduld auf sie herab.

„Lady Langston, Ihr missversteht mich. Ich bin von weit hergekommen, um mit Eurem Mann zu sprechen. Ich werde nicht unverrichteter Dinge abreisen."

Danielle schüttelte den Kopf. Obwohl sie beileibe nicht mehr das junge Ding war, welches vor so langer Zeit die Bekanntschaft dieses Herrn gemacht hatte, wagte sie es kaum, ihm ins Gesicht zu sehen.

„Nein, Lord Weston, *Ihr* missversteht *mich*! Mein Mann weilt nicht mehr unter uns. Er ist vor drei Monaten von uns gegangen. Es tut mir sehr leid, Euren Brief erst jetzt bemerkt zu haben, sodass ich Euch nicht früher informieren konnte, aber Ihr habt den Weg umsonst gemacht. Bitte, geht nun! Da mein Sohn ebenfalls nicht im Haus ist, wäre es nicht schicklich, Euch für die Nacht ein Gemach anzubieten, aber im Ort gibt es ein formidables Gasthaus. Lebt wohl, Lord Weston."

Mit einem steifen Nicken, fest zusammengepressten Lippen und vor der Brust verschränkten Armen wartete sie nun auf seinen Rückzug.

„Mein Gott!, wie furchtbar. Bitte erlaubt, dass ich Euch mein Beileid ausspreche. Hätte ich natürlich eine Ahnung gehabt, dann …"

„Macht Euch keine Vorwürfe. Ihr konntet es ja nicht wissen. Ich bedauere sehr, dass Ihr umsonst hergekommen seid", fühlte Danielle sich dennoch zur Höflichkeit verpflichtet. Denn entweder spielte ihr überreiztes Gehirn ihr einen Streich und der Mann vor ihr war nicht der Mann von dem Ball, oder er konnte sich nicht an sie erinnern. Wie sollte er auch, schließlich war sie ein unscheinbares Ding ohne jeden Vorzug gewesen und er ein erfahrener Mann, der sicher die Gesellschaft von vielen Frauen genossen hatte. Frauen, die es wert waren, in Erinnerung behalten zu werden.

Mit einer formvollendeten Verbeugung und einem Handkuss verabschiedete sich der ungebetene Gast schließlich. Als Danielle hörte, wie sich die Räder der Kutsche entfernten, kehrte sie ins Arbeitszimmer zurück und sank zitternd zu Boden. Sie fasste sich an ihr Herz und versuchte, die Bilder der Vergangenheit nicht wieder an die Oberfläche kommen zu lassen. Sie war noch ein Kind gewesen, als sein Kuss ihre Träume beflügelt hatte. Und in den dunklen Stunden der Nacht waren diese Träume alles, was ihr vom Leben und der Liebe geblieben war.

Kapitel 3

Von wegen formidables Gasthaus, dachte Devlin, als er den letzten Schluck dünnen Ales aus seinem Krug nahm. Das Zimmer war zwar sauber und geräumig, aber das Essen ließ gewaltig zu wünschen übrig. Außerdem hatte er wirklich nicht erwartet, die Nacht in einer Dorfschenke zu verbringen. Natürlich wäre es für die Witwe nicht schicklich gewesen, ihm ein Bett für die Nacht anzubieten, aber diese Unterkunft war genauso wenig nach seinem Geschmack wie das Essen. Und noch viel weniger schmeckte ihm, dass der einzige Wissenschaftler, der den Ruf hatte, sich mit den Kunstgegenständen der griechischen Mythologie wirklich auszukennen, verstorben war, ohne vorher sein Wissen mit ihm zu teilen. War es anzunehmen, dass durch den Tod von Langston das Geheimnis um die *Venus* für immer ungelöst bleiben sollte?

Devlin war tief in seine Gedanken um das Gemälde versunken. So fiel ihm im ersten Moment nicht auf, dass auch die zwei am Nebentisch schlechte Laune hatten.

„Jetzt ist ihr Mann schon drei Monate unter der Erde, und, obwohl ich ihr schon mehrfach angeboten habe, den alten Krempel aus dem Haus zu schaffen, lehnt sie immer wieder ab. Ich habe ihr zu erklären versucht, dass sie leichter ein neues Leben beginnen kann, wenn sie sich von dem Ballast befreit, aber sie will einfach nichts hergeben!"

„Uns läuft die Zeit davon. Wenn wir die Notizen nicht

bald in unsere Finger bekommen, können wir unsere Bezahlung vergessen", flüsterte der Mann, der Devlin den Rücken zuwandte. Der andere nickte betrübt und strich sich nachdenklich über den Backenbart. Sein dicker Wanst behinderte ihn, als er sich näher zu dem anderen hinüberbeugen wollte. Darum musste er lauter sprechen, als er vermutlich bei diesem Thema wollte.

„Aber seit heute ist doch der Bengel aus dem Haus, Frank. Was, wenn jemand die Situation ausnutzen würde, vielleicht ein Einbrecher …"

„Halt den Mund! Lass uns hier verschwinden, ich denke wir sollten nichts übereilen!"

Damit warf der Mann, den der Dicke Frank genannt hatte, eine Geldnote auf den Tisch und zog seinen Freund hinter sich her.

Obwohl Devlin nicht wusste, wovon die zwei eigentlich gesprochen hatten, bemerkte er ein ungutes Kribbeln im Nacken. Dieses Gasthaus gefiel ihm immer weniger.

Als er etwas später in seinem Bett lag und über Langston nachdachte, wanderten seine Gedanken sehr schnell zu dessen Frau. Was war es nur, was ihn an ihr störte? Natürlich war sie ihm nicht gerade freundlich begegnet, aber das allein war es nicht, das wusste er. Warum hatte sie ihn nicht wenigstens hereingebeten und ihm die Sache erklärt? Warum war er im wahrsten Sinne des Wortes rückwärts aus der Tür geworfen worden? Wenn es nicht völlig unmöglich wäre, dann hätte er gesagt, Lady Langston war wütend auf ihn gewesen. Aber da er der Dame noch nie zuvor begegnet war, war dies mehr als unwahrscheinlich. Vielleicht war sie einfach so ein kaltes, abweisendes Wesen, überlegte er. Sie hatte sehr streng gewirkt, mit ihrem aus dem Gesicht gekämmten, am Hinterkopf zu einem unscheinbaren Knoten gebundenem Haar und dieser

Witwentracht.

Obwohl Devlin nicht überzeugt war, am nächsten Tag mehr Erfolg zu haben, beschloss er, der *schwarzen Witwe* noch einmal einen Besuch abzustatten. Es wäre zu ärgerlich, ohne einen einzigen Hinweis auf die *Venus* den Rückweg nach London antreten zu müssen.

Ehe Devlin die Augen schloss, überlegte er, was wohl wahrscheinlicher war: Schnee in der Hölle oder ein Lächeln im Gesicht von Langstons Witwe?

Hätte Danielle geahnt, dass der Mann, wegen dem sie keinen Schlaf fand, gerade an sie dachte, hätte sie das sicher nicht beruhigt. Sie überlegte ernsthaft, ob sie nicht Sallys Rat folgen und auf irgendetwas einschlagen sollte. Vielleicht würde ihr das helfen.

Sie verstand überhaupt nicht, warum sie sich so schlecht fühlte. Sie hatte sich schließlich nicht unschicklich verhalten. Sie war ja noch ein halbes Kind gewesen. Nein, wenn sich jemand hätte schämen sollen, dann doch wohl der widerliche Kerl, der sie damals in diese Verlegenheit gebracht hatte. Und sie mit diesem unsäglichen Kuss verhöhnt hatte!

Aber dass just dieser Kerl auch noch die Frechheit besaß, in ihr Haus zu kommen, ohne sich auch nur im Geringsten an sie zu erinnern, das schlug dem Fass den Boden aus. Zum Glück würde sie ihm nie wieder gegenübertreten müssen. Sie würde ihm nie wieder in diese hungrigen Augen sehen und erst recht nie wieder seine fordernden Lippen auf ihrem Mund spüren müssen. Nie wieder seine Zunge in ihrem Mund fühlen und sich nie wieder fragen müssen, wie es sein mochte, wenn er ihren Busen küsste, so, wie er es bei der anderen Frau getan hatte. Sie würde nie wieder seinen Atem auf ihrer Wange spüren, während er ihren Mund erkundete und nie wieder seine Hände fühlen, die ihr Gesicht umschlossen wie einen kostbaren Schatz ...

Danielle stöhnte.

Himmel, warum beruhigte sie dieses Wissen nicht? Warum machte es sie sogar noch unruhiger? Sie verfluchte den Mann, der in einem einzigen Augenblick Barrieren eingerissen hatte, die sie mühevoll in den letzten zehn Jahren errichtet hatte.

Der nächste Morgen brachte eine Überraschung, denn über Nacht hatte es gute dreißig Zentimeter geschneit. Devlin erkannte, seine Rückfahrt nach London konnte er getrost vergessen. Aber als er sich schließlich nach einem ausgedehnten Frühstück auf dem Weg zu Langstons Haus machte, fand er die Vorstellung mit einem Mal nicht mehr so schrecklich, einige Tage länger hierzubleiben.

Auch diesmal wurde ihm auf sein Klopfen hin prompt geöffnet, und wie am Vortag wurde er hereingebeten.

„Lord Weston, wie schön Euch zu sehen", grüßte Joseph. „Ich werde sogleich Euren Besuch melden."

Doch, noch ehe Joseph einen Schritt tat, öffnete sich die Tür zum Arbeitszimmer, und Danielles Stimme drang in die Halle. Sie selbst war in ihrem schwarzen Kleid im Schatten des Türstocks kaum auszumachen.

„Danke, Joseph, das ist nicht nötig. Ich habe seit einigen Minuten beobachtet, wie sich Lord Weston durch den Tiefschnee kämpfte, um uns schon wieder heimzusuchen, obwohl ich ihm doch deutlich gemacht habe, dass seine Reise umsonst war. Ich nehme also an, er hat einen triftigen Grund für seine neuerliche Störung."

Während sie dies sagte, sah sie missmutig auf die Pfütze Schmelzwasser, die sich um Devlins Füße bildete, und schnaubte schließlich verächtlich.

„Sally soll bitte eine Kanne Tee bereiten, und vielleicht sind noch einige Kekse da. Wir wollen ja nicht, dass Lord Weston eine Erkältung bekommt." Damit wandte sie sich zum ersten Mal direkt an Devlin.

„Wenn es Euch nichts ausmacht, würde ich Euch gerne im Arbeitszimmer empfangen, denn ich bin mitten in einer wichtigen Arbeit, die ich nur ungerne unterbrechen möchte."

Devlin, dem es die Sprache verschlagen hatte, sah ihrem schlanken Rücken nach, als sie wieder durch die Tür verschwand. Mit einem Schulterzucken folgte er ihr. *Interessant*, dachte er. Diese Frau war wirklich interessant.

Dieser Gedanke verstärkte sich noch, als er das Arbeitszimmer betrat. Es herrschte das absolute Chaos. Etliche Stapel Papier türmten sich auf jedem Millimeter des Teppichs. Der Geruch alter Bücher und ungezählter Zigarren, die in diesem Raum geraucht worden waren, bildeten ein passendes Ambiente für die Frau, die inmitten des tanzenden Staubes, der in der winterlichen Morgensonne funkelte, stand und sich die Haare raufte.

Anders als am Vortag fiel ihr dieses lose ums Gesicht und ergoss sich in langen, goldbraunen Kaskaden über ihren Rücken.

Ihr schwarzes Kleid betonte ihre makellose Haut und verstärkte noch die Wirkung ihrer großen rehbraunen Augen.

Devlin verschlug es den Atem. Wie die Venus aus dem

Meer, so schien sie diesen Büchern entstiegen, mindestens ebenso schön und geheimnisvoll wie die Göttin der Liebe, der er hinterherjagte.

Und dann traf es ihn wie ein Schlag. Dieses Haar hatte ihn schon einmal in seinen Bann gezogen. Vor vielen Jahren hatte er es aus einer viel zu strengen Frisur befreit und, so schwach die Erinnerung an jene Zeit auch war, so deutlich spürte er doch das seidige Gold durch seine Finger gleiten. War sie es wirklich? Sie war so anders als das schüchterne Kind, welches er damals geküsst hatte. Geküsst? Konnte das sein oder trog ihn seine Erinnerung? Jetzt lud ihr zusammengekniffener Mund nicht gerade dazu ein, aber trotzdem fühlte Devlin sich mit unwiderstehlicher Macht zu ihr hingezogen. Dieser Macht nachgebend, trat er näher, und ein heißer Schauer der Erregung durchfuhr ihn.

„Lord Weston, wie Ihr seht, versuche ich, den Hinterlassenschaften meines Mannes Herr zu werden, aber da ich mich nur für die wenigsten seiner Experimente und Forschungen interessiert habe, erschlägt mich die Masse seines Erbes nun beinahe. Bitte, wenn Ihr hier irgendwo einen Stuhl findet, der nicht über und über mit Papieren belegt ist, dann nehmt doch Platz.“

Sie hob in einer den ganzen Raum einschließenden Geste hilflos die Hände, ehe sie selbst einen Stoß Bücher beiseiteschob, um auf der Armlehne eines Sessels Platz zu nehmen.

„Danke, Lady Langston. Das ist sehr freundlich, aber wenn Ihr erlaubt, dann bleibe ich stehen. Ich muss sagen, ich bin beeindruckt von dieser Sammlung alter Schriften, auch wenn ich das Ordnungsprinzip Eures verstorbenen Mannes nicht auf Anhieb zu verstehen scheine.“

Danielle lachte, und der Raum schien sich mit Wärme zu füllen.

„Ja, ich denke, auch Matt selbst hat sein Ordnungsprinzip nicht verstanden", gab sie freimütig zu, und Devlin hatte Mühe, ihren Worten zu folgen. Das Lachen veränderte ihr ganzes Gesicht. Es trug ein Leuchten in ihre Augen, welches ihm direkt ein Kribbeln in der Magengrube verursachte. Er hatte nicht erwartet, dass es so eine Wirkung auf ihn haben würde. Aber irgendwie verwunderte es ihn auch nicht, denn, wenn er sich richtig erinnerte, war ihm schon vor zehn Jahren etwas Besonderes an dem schüchternen Mädchen aufgefallen. Nur hatte er es damals genauso wenig benennen können wie heute.

Devlin löste den Knoten seiner Krawatte etwas, da ihm plötzlich heiß wurde. Dieser Sache auf den Grund zu gehen, konnte interessant werden.

„Lord Weston, darf ich Euch fragen, was Euch bei diesem Wetter hierher führt?"

„Um ehrlich zu sein, hatte ich gehofft, dass Ihr mir vielleicht etwas über die Arbeit Eures Mannes hättet berichten können, aber wie Ihr gerade sagtet, fandet Ihr keinen Gefallen an diesen Dingen."

„Nein, das tat ich nicht. Aber nichtsdestotrotz ließ sich Matt oft nicht davon abbringen, mir von seiner Arbeit zu erzählen."

Devlin war hingerissen. Sie zog wie nebenbei eines der Bücher heran, blätterte achtlos durch die Seiten und legte es auf einem anderen Stapel wieder ab, ehe sie ihn wieder ansah. Sie war schüchtern, auch wenn sie das in ihrem Auftreten nicht zeigte. Ihr Blick verriet sie dennoch. Und Devlin wusste, warum sie ihn fürchtete. Sie erinnerte sich ebenso wie er an jenen Abend vor zehn Jahren. Zu gerne würde er ihre und seine Erinnerung auffrischen, denn ihr Mund, der im Sonnenlicht schimmerte wie glänzender Honig, war eine derart süße Verlockung, dass er sich nun doch lieber setzte, aus Angst, sich sonst einfach auf sie zu stürzen.

„Hat er Euch gegenüber je ein Gemälde erwähnt, welches den Titel *Venus von Lavinium* trägt?", versuchte sich Devlin mit Mühe, auf sein eigentliches Anliegen zu besinnen.

Danielle zuckte zusammen, als hätte er sie geschlagen.

„Die *Venus*? Was wisst Ihr über sie? Seid Ihr Matt etwa in London begegnet?"

„Wovon sprecht Ihr? Ich hatte leider nie das Vergnügen, Euren Gatten kennenzulernen, aber sein Ruf in Kunstkreisen eilte ihm voraus. Darf ich Eurer Reaktion entnehmen, dass er Euch gegenüber die *Venus* erwähnt hat?"

Danielle schnaubte.

„Erwähnt? Er hat in den Wochen vor seinem Tod von nichts anderem mehr gesprochen!"

„Tatsächlich. Nun, könnt Ihr mir sagen, warum er so besessen davon war?"

„Genaugenommen fing seine Begeisterung für dieses Bild schon vor vielen Jahren an. Damals erwarb er eine ganze Ladung sehr alter Schriftrollen aus dem mittelitalienischen Raum. Wie sich herausstellte, war eine davon allem Anschein nach von Aeneas, dem Sohn der Göttin Venus, höchstpersönlich verfasst. Darin fand Matt zum ersten Mal überhaupt einen Hinweis auf das Gemälde. Aeneas schrieb, dass er das Bildnis seiner schönen und mächtigen Mutter mit nach Lavinium genommen habe, da das Bild fast ebensolche Kräfte besitze wie die Göttin selbst, und dass er gezwungen gewesen sei, das Bild zu tarnen, damit es nicht in falsche Hände geriet."

„Das ist fantastisch! Ihr habt diese Schriftrollen nicht zufällig hier?"

Danielle lachte wieder.

„Nein, leider nicht. Was Ihr hier seht, das sind zumeist Dokumente neueren Datums. Die Papyrusrollen aus Lavinium sind längst wieder verkauft. Ihr müsst wissen, dass Matt die wenigsten Dinge kaufte, um sie zu besitzen. Er wollte sie nur studieren."

„Gibt es denn Aufzeichnungen über seine Studien?", fragte Devlin.

„Natürlich! Hier, seht Euch um. All diese Schriften sind entweder Notizen, Versuchsbeschreibungen, Theorien und Abhandlungen. Oder Bücher, Zeitschriften, Briefe und Schriften, aus denen er seine Informationen bezog."

„Erstaunlich." Devlin hob ein großes Blatt vom Boden auf und faltete die Seiten auseinander. Das Abbild eines Flugmodells war zu erkennen. Er hob die Augenbrauen und legte die Zeichnung zurück.

„Wenn Ihr hier etwas von Interesse findet, dann nehmt es Euch."

Devlin sah ihr in die Augen.

„Hier gibt es wirklich etwas, was mein Interesse geweckt hat, aber ich weiß nicht, ob es Euch gefallen würde, wenn ich es mir einfach nähme."

„Oh, nur zu. Ich weiß ohnehin nicht, was ich mit all dem Zeug machen soll. Es scheint mich zu erdrücken."

Devlin erhob sich. Er wusste, er würde gleich einen Fehler machen, aber Himmel!, manche Fehler waren es einfach wert, gemacht zu werden. Mit wenigen Schritten hatte er Danielle erreicht und sie in seine Arme gezogen.

„Das Zeug meinte ich nicht!"

Damit senkte er seinen Kopf und verschloss ihre für ihn so verführerischen Lippen mit einem Kuss. Heiß und fordernd lag sein Mund auf ihrem, seine Hände gruben sich in die Kaskaden glänzenden Haares, um sie noch näher an sich zu ziehen. Herrje, sie küsste wie eine Jungfrau! Ihre Scheu raubte ihm fast den Verstand, und nur mit Mühe konnte er sich schließlich zwingen, sie wieder freizugeben.

Oh ja, er hatte einen Fehler gemacht! Ihr schallender Handabdruck bewies es, und auch sein eigener Hunger nach dieser Frau würde ihn in den nächsten Stunden deutlich daran erinnern.

„Wie könnt Ihr es wagen!", rief sie zitternd, während sie sich die Hand auf die geschwollenen Lippen presste. „Raus hier!"

„Es tut mir leid! Ich wollte nicht …"

„Es ist mir einerlei, was Ihr wolltet, oder nicht! Wofür haltet Ihr mich? Für eines Eurer Flittchen?"

Devlins Blick verfinsterte sich, auch wenn ihr Vorwurf natürlich gerechtfertigt war, wie er zugeben musste. Aber er war es nicht gewohnt, dass Frauen in dieser Art auf seine Küsse reagierten. Sein Stolz musste gerade einen herben Treffer einstecken.

„Natürlich halte ich Euch für nichts dergleichen, aber eine Frau in Eurem Alter sollte wegen eines einzigen, unbedachten Kusses nicht gleich hysterisch werden! Ich habe gesagt, dass es mir leidtut!"

„Hysterisch? Ihr wagt es, meine Reaktion als hysterisch zu bezeichnen, Sir? Ihr? Lernt doch erst einmal, Eure Gelüste unter Kontrolle zu halten, ehe Ihr mich beleidigt. Einem Mann Eures Titels steht es nicht an, durch die Welt zu rennen und Frauen Eure unwillkommenen Küsse aufzudrängen!"

„Glaubt mir, meine Liebe, den meisten Frauen sind meine Küsse durchaus willkommen!"

„Warum verschwindet Ihr dann nicht einfach? Geht zu den Frauen, die Eure Leidenschaft zu schätzen wissen!"

Devlin verspürte den drängenden Wunsch, sie dazu zu bringen, seine Leidenschaft zu schätzen, denn, so aufgebracht, wie sie vor ihm stand, war sie schöner denn je. Wann immer er sie bisher gesehen hatte, war sie kontrolliert und zurückhaltend gewesen, aber jetzt brach ihre wahre Natur impulsiv aus ihr heraus. Das war genau die Leidenschaft, die er schon vor zehn Jahren in ihrem ersten zarten Kuss erahnt hatte. Er hatte sich nicht getäuscht. Sie brannte. Würde sie auch für ihn brennen?

Er musste es herausfinden.

„Seid Ihr keine Frau, die Leidenschaft zu schätzen weiß? Warum seid Ihr dann nicht in einem Kloster?"

Danielle schüttelte fassungslos den Kopf. Ihr Herz schlug in einem ihr völlig fremden Takt, und bei ihrem Rückzug stieß sie Bücherstapel um und fegte Dokumente von den Tischen, um Distanz zwischen sich und Lord Weston zu bringen. Sie hatte Angst. Aber nicht vor ihm, sondern vor dem Gefühl, welches er in ihr weckte. Sie hatte Angst davor, sie könne auf seine unverschämte Frage die Wahrheit entgegnen. Nämlich, dass sie die Vorstellung nicht ertragen hätte, in einem Kloster zu enden und damit niemals wieder einen Kuss wie den seinen zu erleben. Aber diese Genugtuung würde sie ihm nicht geben! Er spielte nur mit ihr, genau wie damals.

„Meine Leidenschaft geht Euch nichts an! Befriedigt die Eure woanders!"

„Warum in die Ferne schweifen, wenn das Schöne liegt so nah?", murmelte er, und sein Blick verhieß nichts Gutes.

„Weil ich verheiratet bin!", rief Danielle und wich zurück.

„Euer Mann ist tot", verbesserte Devlin und löste seine Krawatte.

„Ich bin in Trauer!" Ein Bücherregal in ihrem Rücken vereitelte ihre weitere Flucht, und ein triumphales Lächeln in Devlins Gesicht besiegelte ihren Untergang. Er kam ganz nahe und hob ihr Kinn, damit sie ihn ansah.

„Habt Ihr Langston so geliebt, dass Eure Leidenschaft mit ihm gestorben ist?", fragte er leise, und sein Atem strich über ihr Gesicht wie eine Liebkosung.

Danielle schloss die Augen. Sie kämpfte die Tränen nieder, die hinter ihren Lidern schwammen, denn die Wahrheit war zu schmerzlich, um sie gerade diesem Mann zu gestehen. Mit zitternden Lippen bat sie: „Bitte, Mylord, quält mich nicht! Bitte, geht jetzt!"

Sie hielt den Atem an, wollte ihre Niederlage nicht wahrhaben und den Spott in seinen Augen nicht sehen, ehe er sie erneut zu einem Kuss zwingen würde.

Aber das tat er nicht. Sie spürte, noch ehe sie die Augen öffnete, wie er sich zurückzog. Mit einem Fluch auf den Lippen verließ er das Zimmer, und wenig später hörte sie die schwere Eingangstür ins Schloss fallen.

„Mylady, der Tee? Ist Lord Weston schon wieder gegangen?", riss sie Sally aus ihrer Starre, und Danielle wurde sich vage bewusst, welch verstörten Anblick sie bieten musste. Sie strich sich das Haar zurück und schluckte ihre Gefühle hinunter.

„Oh, Lord Weston konnte nicht bleiben. Er wollte nur noch einmal seine Anteilnahme bekunden. Aber ich könnte sehr gut einen Tee gebrauchen. Und, Sally ...? Sind noch Kekse da?"

„Natürlich, Mylady. Ich stelle es hier auf das Tischchen. Seid Ihr sicher, dass es Euch gut geht, Mylady?"

„Natürlich. Es ist nur etwas schmerzhaft, Lord Langstons Lebenswerk zu sichten. Aber ich überlege, das Haus zu verkaufen. Christopher wird nach seiner Rückkehr in einer Knabenschule unterrichtet werden, und für mich ist das Haus zu groß. Ich möchte zurück nach London. Meine Freundin, Lady Elisa, hat mir geschrieben, dass ganz in ihrer Nähe ein gemütliches Haus zum Verkauf stehe. Ich möchte mir das gerne ansehen. Aber zuerst muss ich mir überlegen, was ich hiermit anfange."

Sally nickte.

„Aber gerade London, Mylady? Nach dem, was passiert ist …"

„Ich weiß, Sally. Aber die Schatten, die der Tod meines Mannes wirft, reichen ohnehin selbst bis hier. Und Elisa meint, in der Stadt würden Skandale schneller vergessen, weil schon bald ein neuer Skandal die Aufmerksamkeit der Klatschmäuler erregen wird. Hier hingegen werden die Leute nie aufhören, mit dem Finger auf mich zu zeigen."

Kapitel 4

Eine Woche später in London

*W*eston, welch Überraschung, Euch zu sehen! Ich hatte gehört, dass Ihr in der Stadt seid, konnte es aber nicht glauben."

Devlin ließ die Morgenzeitung sinken und sah dem Mann mit der Halbglatze entgegen, der sichtlich erfreut auf ihn zusteuerte. Wie in den meisten Herrenclubs war auch in diesem in den Morgenstunden noch nicht viel los, und so setzte sich Colin Bosworth unaufgefordert neben ihn.

„Bosworth, die Freude ist ganz meinerseits. Ihr seht blendend aus. Wie geht es der Familie?"

„Großartig. Die kleine Lisa ist ebenso schön wie ihre Mutter, und wir werden schon bald jede Menge damit zu tun haben, uns ihre unzähligen Verehrer vom Hals zu halten. Ich überlege ernsthaft, mich aufs Land zurückzuziehen, wenn es so weit ist. Zum Glück weilt sie gerade bei ihren Großeltern. Dort wird sie hoffentlich auf keine dummen Gedanken kommen. Sie ist ja erst dreizehn, da bleibt uns noch ein wenig Zeit."

Väterlicher Stolz ließ Bosworths Brust schwellen, und Devlin hätte durchaus Neid auf seinen Bekannten empfinden können. Aber da er in dem Wissen um die Familienlegende aufgewachsen war, hatte er nie nach wahrer Liebe gesucht. Und auch nicht nach einer Ehefrau, denn er verspürte nicht das Bedürfnis, sich an jemanden zu binden, den er ohnehin nicht liebte. Damit hatte sich auch die Frage nach Kindern nie gestellt. Um das Erbe der Familie Weston machte er sich dennoch keine Sorgen. Sein Bruder Dean war mit Anfang zwanzig im richtigen Heiratsalter und konnte den Titel ebenso gut an seine Kinder weitergeben. Oder der Nachzügler in der Familie: seine Schwester Rose. *Wenn ihre kindliche Schönheit ein Versprechen war, würde sie als erwachsene Frau an jedem Finger zehn Verehrer haben,* dachte Devlin.

„Was führt Euch denn in die Stadt? Habt Ihr es Euch doch noch mal überlegt? Sucht Ihr Euch endlich eine Braut?"

„Nein, Bosworth, das nicht. Ich suche eine Venus!"

Devlin streckt die langen Beine von sich und griff nach seinem Tee, während sich Bosworth vor Lachen ausschüttete.

„Eine Venus, das ist herrlich, Weston. Wirklich herrlich. Bedauerlicherweise rufen mich dringende Angelegenheiten, denn ich hätte zu gerne noch ein wenig mit Euch geplaudert, ehe Ihr Euch wieder in Euer langweiliges Landleben stürzt. Wie wäre es", überlegte Bosworth, „wenn Ihr uns am Freitagabend zum Dinner mit Eurer Anwesenheit beehren würdet? Eine Freundin der Familie weilt in der Stadt, und es wäre angenehm, einen weiteren Mann in der Runde begrüßen zu können."

Devlin schüttelte bedauernd den Kopf. „Danke, Bosworth, das ist wirklich freundlich, aber da möchte ich nicht stören."

„Stören? Weston, ich wäre Euch einen Gefallen schuldig, wenn Ihr mich nicht mit den Damen allein lassen würdet. Sie haben den Klatsch und Tratsch von vielen Jahren aufzuholen, und ich befürchte, vor Langeweile zu vergehen."

Devlin lachte. Hätte er zuvor Neid empfunden, so wäre dieser nun wie weggeblasen. Tatsächlich tat ihm sein Freund nun sogar ein klein wenig leid.

„Na gut, Bosworth, aber den Gefallen werde ich eintreiben, verlasst Euch darauf", gab sich Devlin geschlagen, und deutlich erleichtert verließ der rundliche Bosworth den Herrenclub.

Devlin sah auf seine Uhr und entschied, dass es Zeit war, seinen Plänen wegen der *Venus* nachzugehen. Da ihm Langston keine Hilfe mehr sein konnte, würde er nun versuchen, auf anderem Weg an die nötigen Informationen zu gelangen. Er würde den berüchtigten Mister Corbett treffen. Berüchtigt deshalb, weil niemand wusste, womit der Herr sein Geld machte. Er war eine Gestalt der Nacht, ein Betrüger und Scharlatan, aber wenn jemand von der *Venus* gehört haben würde, dann er.

Devlin faltete die Zeitung zusammen und nahm seinen Mantel. Es hatte ihn eine ganze Woche und einen Batzen Geld gekostet, um Kontakt zu Corbett herzustellen, und nun hoffte er, der Mann würde am vereinbarten Treffpunkt auch erscheinen.

Der Schneematsch auf den Straßen Londons hatte nichts gemein mit dem idyllischen Bild einer verschneiten Landschaft wie der, durch die er in Essex gewatet war, als er Langstons Witwe besucht hatte. Immer wieder dachte Devlin an diesen Morgen im Arbeitszimmer des Wissenschaftlers zurück. Beschwor immer wieder das Bild herauf, welches ihn dazu bewogen hatte, zu gehen.

Sein Bedürfnis, diese Frau in seine Arme zu reißen, war übermächtig gewesen, dennoch hatte er es nicht getan, weil ihr Anblick etwas noch Mächtigeres in ihm zum Klingen gebracht hatte. Sein Herz. Sie hatte sein Herz erwärmt mit ihren tränenglänzenden Wimpern, den bebenden Lippen und der stummen Verzweiflung, die sie wie eine Decke umgab. Er war der Qual in ihrer Stimme nicht gewachsen gewesen. Er fürchtete, ihn würde das gleiche Schicksal ereilen wie seine Vorfahren.

Schließlich war er Devlin Weston, der Earl of Windham, und kein Windham-Mann vor ihm hatte jemals Glück in der Liebe gefunden. Um sich nicht ebenso zum Narren zu machen, hatte er beschlossen, gleich allen Frauen aus dem Weg zu gehen, die drohten, ihn in seinem Innersten zu berühren. Und dies war nicht so schwer gewesen, wie man denken mochte, denn bisher war ihm nie eine solche Frau begegnet.

Sollte er für Danielle Langston ein Risiko eingehen? Weil er auf diese Frage keine Antwort wusste, war er gegangen.

Er hatte die Brücke über die Themse erreicht und hielt nun Ausschau nach seiner Verabredung, als eine Kutsche neben ihm zum Stehen kam. Der Kutscher, welcher wegen des breitkrempigen Hutes, der sein Gesicht verbarg, und des gewachsten Mantels kaum zu erkennen war, fragte: „Sind Sie Weston?"

Als Devlin nickte, öffnete sich der Kutschenverschlag und der schmale Streifen Tageslicht beleuchtete ein paar saubere Stiefel.

„Steigen Sie ein!", forderte der Kutscher, und Devlin tat es. Sofort wurde die Tür hinter ihm geschlossen und eisige Schwärze umfing ihn. Sämtliche Vorhänge waren zugezogen, die Person auf der anderen Sitzbank komplett in Schwarz gekleidet – nur das hatte Devlin beim Einsteigen erkannt.

Sobald die Kutsche anfuhr, brach Devlin das Schweigen.

„Seid Ihr Corbett?"

„Sehr richtig", erwiderte eine nach verrostetem Eisen

klingende Stimme. Devlin schätzte den Mann auf mindestens sechzig.

„Darf ich erfahren, warum Ihr die ganze Stadt nach mir absucht?", fragte Corbett ungehalten.

„Ihr seid nicht leicht zu finden, daher musste ich etwas tiefer graben", gab Devlin unbeeindruckt zu. Wie gefährlich konnte ein Mann schon sein, der sich im Dunklen versteckte. Außerdem kam auch Devlin die Finsternis zugute, denn so bemerkte Corbett wohl kaum, dass Devlin unter dem Mantel eine Waffe auf ihn richtete. Sicher war sicher.

„Was wollt Ihr also von mir, Mister Weston?"

„Ich suche etwas, und man sagte mir, wenn mir jemand behilflich sein kann, dann Ihr."

„Was denkt Ihr, was ich bin, Weston? Ein verdammtes Fundbüro? Hört auf, um den heißen Brei zu reden, sagt, was Ihr wollt, oder die Ausfahrt ist beendet", verlangte der schwarze Schatten wütend.

„Ein Gemälde. Ich suche ein Gemälde. Die *Venus von Lavinium*, um genau zu sein."

Corbett stieß einen leisen Pfiff aus.

„Soso, die *Venus*. So ein Zufall. In letzter Zeit scheinen sich sehr viele Leute für diesen Mythos zu interessieren."

Devlin horchte auf. Er hätte sich ja denken können, dass der Artikel im Magazin der Künste nicht nur ihn neugierig machen würde, aber dennoch gefiel ihm die Vorstellung nicht.

„Ihr habt also von ihr gehört", stellte er fest.

„Natürlich! Aber Ihr glaubt doch nicht wirklich an die Existenz dieses Gemäldes, Weston, oder?"

„Tut Ihr es denn?", stellte Devlin die Gegenfrage.

„Was ich bei dieser Sache denke, spielt keine Rolle. Aber um Euch nicht länger auf die Folter zu spannen: Ja, ich habe von der *Venus* gehört. Angeblich soll sie zusammen mit einer Ladung anderer Kunstgegenstände und Gemälde aus Mittelitalien nach London gekommen sein. Es wird gemunkelt, dass alles zusammen an Audreys Museum verkauft wurde."

„Audreys Museum?" Devlin hatte noch nie davon gehört.

„Es ist ein Etablissement, welches keinen allzu guten Ruf genießt. Der Besitzer, Mister Audrey, rühmt sich zwar, die größten Kunstwerke Europas in seiner Ausstellung zu haben, aber nicht jeder glaubt an die Echtheit dieser Werke, wenn Ihr versteht, was ich meine."

„Ich verstehe. Ihr denkt also, ich sitze einem Schwindel auf, wenn ich nach der *Venus* suche?"

„Sucht, wonach es Euch beliebt, Mister Weston. Aber seid gewarnt, es sind schon Leute zu Schaden gekommen, die sich zu sehr für die Göttin der Liebe interessiert haben."

Devlins Hand um die Waffe spannte sich an.

„Wollt Ihr mir drohen, Corbett?", fragte er mit dem unguten Gefühl, dass er nicht der Einzige in der Kutsche war, der eine Waffe in Händen hielt.

„Wo denkt Ihr hin, Mister Weston. Nichts liegt mir ferner. Ich will nur sichergehen, dass Ihr Euch nicht in Dinge einmischt, die Eurer Gesundheit schaden könnten."

Mit einem leisen, aber nicht zu überhörenden Klicken spannte Devlin den Hahn seiner Waffe.

„Eure Sorge rührt mich, Corbett, aber ich denke, sie ist völlig unnötig. Ich kann sehr gut auf mich aufpassen. Ich danke Euch für … das *nette* Gespräch. Ich steige hier aus."

Corbett, der das metallene Geräusch durchaus vernommen hatte, klopfte mit einem Gehstock an die Kutschenwand und sogleich drosselten die Pferde ihr Tempo.

„Wie Ihr wollt, Weston. Sagt nicht, ich hätte Euch nicht gewarnt."

„War das Haus nicht einfach wunderbar?", schwärmte Elisa Bosworth, als sie in ihrem zitronengelben Kleid in die Halle ihres Stadthauses wirbelte. Danielles schwarze Gestalt dahinter wirkte fast, als wäre sie Elisas Schatten. Und so fühlte es sich auch fast an. Mit Elisas Freude sprühender Energie konnte Danielle einfach nicht mithalten. Sie reichten dem Butler ihre Mäntel und, ehe Danielle antworten konnte, packte Elisa sie am Arm und zog sie hinter sich in den Salon.

„Stell dir nur vor, wie wundervoll es wäre, wenn du das Haus kaufen würdest. Wir könnten uns jeden Tag sehen!", rief Elisa.

Danielle lächelte. Das Wiedersehen mit ihrer alten Freundin tat ihr wirklich gut. Sie konnte fast all ihre Sorgen hinter sich lassen, und es kam vor, dass sie mehrere Stunden nicht an Matthew, Christopher oder den Einbruch denken musste.

„Ich weiß nicht, Elisa. In deiner Nähe zu wohnen, wäre sicherlich schön, aber hast du nicht gesehen, wie die Leute mich ansehen, wenn sie mich erkennen?"

„Papperlapapp! Natürlich müssen sie ihre Neugier befriedigen, aber schon bald werden sie sich spannenderen Dingen widmen."

„Es ist so erniedrigend!", gestand Danielle, aber Elisa wollte davon nichts wissen.

„Unsinn! Und nun gräme dich nicht länger. Colin hat für heute Abend einen alten Freund eingeladen. Vielleicht wird dich das auf andere Gedanken bringen. Du solltest dir aber wirklich überlegen, ob du deine Witwentracht nicht wenigstens gegen ein dunkelblaues Kleid eintauschen willst. Du bist erst wenige Tage hier und dein Schwarz ermüdet mich bereits."

„Elisa! Mein Mann ist erst vor wenigen Monaten von uns gegangen. Ich kann doch nicht ..."

„Natürlich kannst du! Und du wirst! Ich habe einige Kleider im Schrank, die gedeckt genug sind, um den Anstand zu wahren, aber dich dennoch nicht wie einen Trauerkloß erscheinen lassen werden. Wenn du mich fragst, hat Matthew es nicht verdient, dass du überhaupt um ihn trauerst!"

Damit war dies beschlossene Sache, und, als sich Danielle wenige Stunden später in einem samtenen, dunkelbraunen Kleid vor dem Spiegel betrachtete, erschien es ihr, als erwache sie zu neuem Leben. Da sämtliche Kleider von Elisa Danielle viel zu kurz gewesen waren, hatte eine Näherin in der Kürze der Zeit einen goldenen, bestickten Saum untergenäht und mit dem glänzenden Stoff auch noch das tiefe Dekolleté unterlegt und die Ärmel gesäumt. Elisa war begeistert und hüpfte in ihrem leuchtend grünen Kleid wie ein lustiger Frosch um Danielle herum.

„Fantastisch, meine Liebe, einfach wunderbar! Wenn doch nur deine weiblichen Formen schon viel früher zum Leben erwacht wären, dann hättest du freie Wahl unter den Herren der feinen Gesellschaft gehabt. Deine Ballsaison wäre ganz anders verlaufen. Männer fängt man am besten mit einem tiefen Ausschnitt, hat meine Mutter mir damals mit auf den Weg gegeben", schwelgte Elisa in Erinnerungen.

„Hör mir nur auf mit Männern! Dieses Kapitel habe ich vorerst abgeschlossen, und selbst meine neuesten

Erkenntnisse in Bezug auf das starke Geschlecht wecken nicht gerade meinen Wunsch nach einer erneuten Verbindung", gestand Danielle.

Während sie sich auf den Weg ins Kaminzimmer machten, wo sie zu Colin und seinem Gast stoßen wollten, setzten sie ihr Gespräch fort.

Elisa hatte ein neugieriges Funkeln in den Augen, als sie fragte: „Wie meinst du das? Wenn du sagst *neueste Erkenntnisse*, sprichst du dann davon, dass du einen Mann kennengelernt hast?"

Danielle verdrehte die Augen. Elisa war vollkommen aus dem Häuschen und platzte schier vor Neugier, als sie ihr die Tür ins Kaminzimmer aufhielt.

„Oh ja, das kann man wohl sagen! Aber nicht, dass du das falsch verstehst, ich hasse diesen ungehobelten, selbstverliebten, großspurigen Kerl, der es anscheinend nicht gewohnt ist, von einer Frau zurückgewiesen zu werden. Sein Name ist …"

Da die Herren gerade in die Betrachtung eines der Gemälde neben dem ausladenden Kamin vertieft waren, hatten die Damen sie übersehen. Nun kam Colin mit seinem Gast herbei und küsste Elisa die Hand, ehe er den Mann an seiner Seite vorstellte.

„Devlin Weston, Earl of Windham, dies ist meine reizende Gattin Elisa und ihre langjährige Freundin Lady Danielle …"

„Lady Langston, was für eine Überraschung", überging Devlin Colins Vorstellung, und ein breites Grinsen zeigte seine ebenmäßigen Zähne.

Danielle ballte die Hände zu Fäusten und beschloss, in Zukunft immer eine Schaufel mit sich zu tragen, da die Erde anscheinend nie vorhatte, sich aufzutun und sie zu verschlucken, wenn sie es sich doch so dringend wünschte.

Danielles verbissene Miene und Devlins freudige Überraschung blieben Elisa keine Sekunde verborgen, und sofort durchschaute sie die Situation.

„Oh mein Gott! Seid Ihr Euch etwa bekannt?", fragte sie, und ihr Blick huschte von einem zum anderen.

Mit einer ironischen Verbeugung erklärte Devlin:

„Ich nehme an, dass Lady Langston von mir sprach, als sie Euch von dem ungehobelten, selbstverliebten, großspurigen Kerl berichtete. Aber nur der Form halber will ich hinzufügen, dass es mir, seit ich Lady Langston kenne, zur Gewohnheit wird, zurückgewiesen zu werden."

Sein diabolisches Zwinkern trieb Danielle das Blut in die Wangen, und Colin hustete verlegen.

„Nun, da wir uns ja demnach alle kennen, steht einem netten Abend nichts mehr im Wege", beendete er das peinliche Aufeinandertreffen. „Elisa, meine Liebe, geht ihr doch ruhig schon in den Speisesaal vor, wir leisten euch sogleich Gesellschaft."

Als sich die Tür hinter den Damen schloss, fuhr Colin wütend herum und funkelte Devlin böse an.

„Herrgott, Mann! Was war denn das?"

Devlin zuckte mit den Schultern.

„Eine Überraschung?", schlug er vor.

„Unsinn! Warum habt Ihr denn nicht gesagt, dass Ihr mit Lady Langston bekannt seid?", verlangte Colin zu wissen.

„Weil …", erklärte Devlin scheinbar gelangweilt, während er die Gemälde abschritt, „… Ihr versäumt habt, den Namen der Bekannten Eurer Frau zu nennen. Glaubt mir, ich hätte Eure Einladung ausgeschlagen, wenn ich es gewusst hätte."

„Es wird doch keine peinliche Szene geben, Weston, oder?"

Devlin hob die Augenbrauen. Colin war rot vor Aufregung, und auf seiner Halbglatze glitzerte der Schweiß.

„Ich denke nicht. Es ist ja nicht so, als wäre die Dame eine Bettgefährtin von mir."

„Himmel! Das will ich ja wohl meinen! Nach dem Skandal um den Tod ihres Mannes und dem Einbruch in ihr Haus vor wenigen Tagen hat die Gute wirklich schon genug zu tun."

Colin wischte sich den Schweiß von der Stirn und weitete mit dem Finger seinen Kragen.

„Welcher Skandal? Wie ist ihr Mann denn gestorben?", wollte Devlin wissen.

„Habt Ihr das nicht mitbekommen? Naja, Ihr werdet auf dem Land vieles nicht erfahren, aber da Ihr Danielle kennt, nahm ich an, Ihr wüsstest, dass Lord Langston in einem sehr speziellen Etablissement von uns schied."

„Was für ein Etablissement, Bosworth?"

„Nun …", Colin räusperte sich, „… ein Bordell. Er starb in einem Bordell, mit heruntergelassenen Hosen. Sein Herz hat die Aufregung wohl nicht so gut vertragen."

Devlin nickte betroffen und, in Gedanken vertieft, versprach er: „Ich werde die Lady natürlich nicht noch weiter in Verlegenheit bringen. Lasst uns nun zum Essen gehen. Ich möchte meinen ersten schlechten Eindruck bei den Damen revidieren."

„Danielle, ich fasse es nicht! Dieser Mann – Lord Weston – ist der Mann, den du hasst?", fragte Elisa fassungslos, kaum dass sie das Kaminzimmer verlassen hatten. „Hast du dir den Kerl denn nur eine Sekunde lang angesehen? Er sieht fantastisch aus, und erst sein Titel! Und was meinte er damit, er habe gelernt, mit Zurückweisung umzugehen? Nun rede doch, denn ich schwöre, ich platze gleich, wenn ich nicht sofort erfahre, was geschehen ist!"

Danielle schaffte es gerade so, einen Fuß vor den anderen zu setzen. Elisas Fragen zu beantworten, war im Moment wirklich zu viel verlangt.

Devlin Weston, der Mann, der sie seit unzähligen Nächten heimsuchte, der seit zehn Jahren ihre Fantasie beflügelte und nach dessen Berührung sie sich insgeheim schon ihr Leben lang sehnte, hatte ihre schmählichen Worte gehört und sie im nächsten Moment vor ihrer liebsten Freundin lächerlich gemacht. Oh, wenn er nicht so gut aussähe, nicht so eine Macht über ihre Gefühle hätte, dann würde sie ihn wirklich hassen!

„Danielle! Jetzt verrate mir doch bitte, woher du Lord Weston kennst", flehte Elisa und umklammerte Danielles Hand.

„Er hat ... mich ... geküsst", stotterte Danielle und fasste sich an die Lippen, wie um sich den Kuss in Erinnerung zu rufen.

„Grund Gütiger!", rief Elisa und schlug sich die Hand vor den Mund, als auch schon Colin und Devlin hereinkamen.

Der erste Gang verlief bis auf die belanglosen Gespräche über das Essen, welches einstimmig als sehr köstlich empfunden wurde, schweigend. Colin schien immer noch besorgt, denn er tupfte sich mehrfach den Schweiß von der Stirn, und Elisa konnte kaum essen, so genau studierte sie jede Regung ihrer Gäste.

Danielle schmeckte ihre Suppe kaum, denn all ihre Sinne waren auf den Mann gerichtet, der ihr gegenübersaß und so tat, als sei alles in bester Ordnung. Ihr Magen war verknotet und ihre Nerven zum Zerreißen gespannt. Noch nie hatte sie es gewagt, ihn eingehend zu betrachten, denn sie war sich selbst so seiner ungeheuren Ausstrahlung bewusst. Sein dunkles Haar passte zu seinem ruchlosen Verhalten, und seine Augen zeigten offen, dass er ein Mann war, der sich seine Wünsche stets erfüllte. Seine Körpergröße würde auch nur wenige dazu verleiten, sich ihm in den Weg zu stellen.

Als er seinen Teller geleert hatte, begegnete er ihrem Blick. Mit der Andeutung eines Lächelns bemerkte er:

„Ich habe übrigens ganz versäumt, Euch zu sagen, wie bezaubernd Ihr in diesem Kleid ausseht, Lady Langston. Darf ich fragen, was Euch nach London führt? Als wir uns zuletzt sahen, hattet Ihr einiges an Arbeit vor Euch, wenn ich mich recht entsinne."

Da Danielle ohnehin keinen Bissen hinunterbrachte, legte sie ihren Löffel beiseite und nickte.

„Ihr täuscht Euch nicht, aber ..."

„Stellt Euch nur vor, jemand ist in ihr Haus eingebrochen, während alle schliefen! Ist das nicht furchtbar? Kein Wunder also, dass Danielle dort nicht länger wohnen möchte", mischte sich Elisa ein.

Devlin runzelte die Stirn und wandte seine Aufmerksamkeit wieder Danielle zu.

„Ein Einbruch? Wurde etwas gestohlen? Euch ist doch nichts passiert, will ich hoffen?"

Seine offensichtliche Sorge rührte Danielle, und sie erlaubte sich, ihm ein Lächeln zu schenken.

„Ich kann kaum sagen, ob etwas gestohlen wurde, denn der Einbruch beschränkte sich ausschließlich auf Matts Arbeitszimmer. Ihr habt die Berge an Unterlagen gesehen. Es ist mir unmöglich, zu sagen, ob etwas fehlt. Nur das eingeschlagene Fenster und die herausgerissenen Schubladen zeugten von einem Einbruch. Vielleicht hatte jemand auf Wertgegenstände gehofft."

Für Devlin ergab das keinen Sinn.

„Jemand ist also in das Arbeitszimmer eingebrochen, ohne etwas offensichtlich Wertvolles zu stehlen?" Es kribbelte ihm im Nacken, als er sich an ein beinahe vergessenes Gespräch erinnerte, welches er im Gasthaus zufällig mit angehört hatte. Konnte es sein, dass er die Kerle sogar gesehen hatte?

„So ist es. Wer auch immer das war, hat etwas Spezielles gesucht. Ob er es gefunden hat, kann ich aber nicht mit Gewissheit sagen."

Devlin fuhr sich nachdenklich übers Kinn.

„Könnte es sein, dass jemand die Schriftrollen gesucht hat, über die wir sprachen? Immerhin hatte Lord Langston vor Jahren eine Abhandlung in mehreren Magazinen dazu veröffentlicht."

„Das ist doch Unsinn. Das war vor so vielen Jahren. Warum sollte sich ausgerechnet jetzt jemand wieder dafür interessieren?"

„Aus demselben Grund, weshalb auch ich mich dafür interessiere. Wegen des Bildnisses der *Venus*. Zum ersten Mal überhaupt gibt es eine Spur, die zu dem Gemälde führt."

Vom Kopf des Tisches mischte sich auch Colin ins Gespräch ein, während der zweite Gang serviert wurde.

„Ist das die *Venus*, von der Ihr gesprochen habt? Ich hatte Euch wohl falsch verstanden, als ich annahm, Ihr wärt auf der Suche nach einer neuen Mätresse …"

„Colin Bosworth! Wirst du wohl über so etwas nicht hier bei Tisch sprechen!", mahnte Elisa mit drohendem Finger und vor Zorn sprühenden Augen.

Devlin versuchte, die Gastgeberin zu beruhigen, wobei er seinen Blick nicht eine Sekunde von Danielles Gesicht nahm, fast so, als würden seine Worte nur ihr gelten.

„Keine Sorge, Lady Bosworth. Solche Arrangements

treffe ich heute nicht mehr. Ich widme mich lieber *interessanteren* Dingen.“

Kapitel 5

Danielle hatte das Menü ohne weitere Zwischenfälle hinter sich gebracht. Gerade, als sie glaubte, das Schlimmste sei damit überstanden, hatte sich Elisa entschuldigt, mit Colin den Raum verlassen und nur gesagt, ihr sei nicht ganz wohl.

Um einer Konfrontation mit Devlin aus dem Weg zu gehen, öffnete sie die Terrassentür und trat in die kalte Nachtluft.

Der Himmel war sternenklar, und ihr Atem bildete Wölkchen, so kalt war es.

„Danielle?"

Sie zuckte zusammen. Seine Stimme war samtweich, und noch nie hatte er sie mit ihrem Vornamen angesprochen. Langsam drehte sie sich um, nicht erstaunt, ihn lässig in der Tür lehnen zu sehen.

„Ja, Lord Weston?"

Er trat näher.

„Es tut mir leid, wie Euer Mann gestorben ist."

„Das sagtet Ihr bereits in Essex, Mylord. Seid versichert, dass ich inzwischen genug Beileidsbekundungen zu hören bekommen habe."

„Nein, das meinte ich nicht. Es tut mir leid, *wie* er gestorben ist. Langston muss ein Narr gewesen sein."

„Ihr wisst es also."

Danielle wusste nichts zu erwidern. Wie immer schämte sie sich zu sehr dafür, dass ihr Mann sein Vergnügen in einem Bordell gesucht hatte.

Devlin nickte. Er trat zu ihr und berührte ihre Wange. Danielle schluckte, wich aber nicht zurück.

„Warum auch nicht. Ganz London weiß es und weidet sich an meiner Erniedrigung."

„Nehmt es nicht zu hart. Viele Männer vergnügen sich hinter dem Rücken ihrer Frauen in solchen Etablissements. Das hatte nichts mit Euch zu tun."

Danielle hob den Blick, Wut und Abscheu standen ihr ins Gesicht geschrieben.

„Ach nein? Dann erklärt mir doch bitte einmal, warum mein Mann, der mir gegenüber immer behauptet hat, ein missglücktes Experiment habe ihm die Manneskraft geraubt, diese ausgerechnet zwischen den Schenkeln einer Dirne wiederfindet!"

Tränen rannen über ihre Wangen, aber Danielle bemerkte es nicht. Ohne sich in ihrem Schmerz Gedanken darüber zu machen, was Devlin von ihr und ihrer skandalösen Offenheit halten mochte, fuhr sie fort: „In zehn Jahren Ehe hat er mich kein einziges Mal berührt, könnt Ihr Euch das vorstellen? Ein Mann der Wissenschaft, der mit den niedrigen Gelüsten nichts anfangen kann! Die wahre Erfüllung in seinen Studien suchend, schritt er durchs Leben – mich im Kielwasser seiner Überlegenheit ertrinken lassend!"

Devlin sah ihre Not und hätte sie am liebsten tröstend in seine Arme genommen, denn er wusste nichts darauf zu entgegnen. Was er da hörte, konnte er kaum glauben.

„Er hat Euch nicht angerührt? Aber Ihr habt von Eurem Sohn gesprochen …"

„Sein Sohn! Christopher ist das Kind aus Matthews

erster Ehe. Seine Frau starb, als Christopher noch ein Baby war."

Devlin fasste ihr Kinn, zog sie an sich und sah ihr direkt in die Augen.

„Er hat Euch nie … nie geliebt? So, wie ein Mann eine Frau liebt?", fragte er, und seine Stimme brach, kam beinahe furchtsam über seine Lippen.

Verlegen schüttelte Danielle den Kopf.

„Im Allgemeinen finden Männer keinen Gefallen an mir. Wie es scheint, noch nicht einmal mein eigener."

Erschüttert über ihr Bekenntnis, wütend auf den Mann, der dieser wunderbaren Frau das Gefühl gegeben hatte, wertlos zu sein, und tief im Innersten über alle Maßen erleichtert, dass Langston niemals seine Finger nach dieser Frau ausgestreckt hatte, die er, Devlin, begehrte, presste er seine Lippen auf ihren Mund, als sei er ein Verdurstender und sie das köstliche Nass.

Danielle wollte sich wehren, wollte diesem sie so irritierenden Mann nicht schon wieder erlauben, sie zu küssen, aber diesmal brachte sie nicht die Kraft dazu auf. Sein Kuss raubte ihr den Atem. Viel zu lange hatte sie sich nach seinen Küssen verzehrt. Seine Zunge teilte ihre Lippen, und Danielle erschauderte, als er sie lockte, auch seinen Mund zu erkunden. Und, obwohl sie nie die Scham vergessen hatte, die sie in seinen Armen empfunden hatte, gab es in diesem Moment nichts, das sie sich sehnlicher wünschte, als seinen Kuss zu erwidern.

Devlin bemerkte die Veränderung, die in Danielle vorging. Er jubilierte, als er ihre Kapitulation erkannte, aber zugleich überfiel ihn ein Gefühl von Zärtlichkeit, das er sich selbst nicht erklären konnte. Er wollte sie trösten, wollte ihr zeigen, wie begehrenswert sie in Wirklichkeit war und wie es war, wenn man Leidenschaft erfuhr.

Seine Hände umfassten ihre schlanke Taille und wanderten weiter, ihren Rücken hinauf zu ihrem Nacken.

Danielle fühlte, wie sich ihr Puls beschleunigte. Die kalte Nachtluft drang durch ihr Kleid, aber dort, wo Devlin sie berührte, ging sie in Flammen auf. Seine Hände hinterließen eine brennende Spur auf ihrem Körper, und nie gekannte Gefühle breiteten sich in ihr aus. Sie drängte sich an ihn, wollte mehr von seiner köstlichen Hitze. Scheu legte sie ihm die Hände auf die Brust und genoss das Prickeln, welches sie dabei durchlief.

„Du bist so schön", murmelte Devlin und küsste ihre Lippen und die empfindliche Haut an ihrem Hals. Danielle klammerte sich an ihn, erstaunt über die Wonnen, welche sie bei diesen Worten empfand.

„Devlin", keuchte sie erschrocken, als er seine Hand kühn um ihre Brust schloss.

„Weston? Lady Langston?", vernahmen sie ihre Namen von der Tür des Speisezimmers, und erschrocken fuhren sie auseinander.

Hektisch strich Danielle ihr Kleid glatt und versuchte, ihre Gefühle unter Kontrolle zu bringen.

„Hier draußen, Bosworth", beantwortete Devlin die Frage nach ihrem Verbleib und trat an die Terrassentür, um Danielle einen weiteren Augenblick zu verschaffen, sich zu sammeln. „Wir bewundern die sternklare Nacht. Ihr solltet Euch zu uns gesellen."

„Bitte verzeiht, wir hatten nicht vor, Euch zu vernachlässigen", erklärte Colin entschuldigend. „Elisa fühlt sich nicht wohl. Sie bittet darum, ihre Abwesenheit zu entschuldigen."

„Macht Euch keine Gedanken, Bosworth, wir haben uns sehr gut … *unterhalten*. Nicht wahr, Lady Langston?"

Sein glühender Blick ruhte auf Danielle, die glaubte, jeder könne sofort erkennen, was sich zwischen ihr und Devlin abgespielt hatte. Warum musste er sie so ansehen?

„Ja. Richtig … gut unterhalten", stammelte sie. „Ich hoffe sehr, dass es Elisa bald besser geht."

Er musste sehr viel mehr Erfahrung darin haben, solche Situationen geschickt zu überspielen, als sie, denn sein amüsierter Gesichtsausdruck schien wenig besorgt.

„Es war ein wunderbares Essen, und ich bedanke mich für die Einladung. Vielleicht möchtet Ihr Euch lieber zurückziehen und Lady Bosworth zur Seite stehen? Auch wenn ich es sehr bedauern würde, den Abend schon zu beenden, könnt Ihr versichert sein, dass ich – und sicher auch Lady Langston – dafür vollstes Verständnis haben."

Colin schien erleichtert, als er fragend zu Danielle sah, die Devlins Worten zustimmte.

„Ich bitte vielmals um Entschuldigung. Ich möchte auf keinen Fall das Gefühl vermitteln, Eure Anwesenheit wäre störend."

„Aber nicht doch! Euch steht die Sorge um Lady Bosworth ins Gesicht geschrieben. Euer Platz ist jetzt an ihrer Seite. Lady Langston, wollen wir unsere Gläser leeren und dann Abschied nehmen?", schlug Devlin galant vor und führte Danielle zurück in den Speisesaal.

„Aber, aber, diese Eile ist nun wirklich nicht nötig. Da Lady Langston ohnehin Gast bei uns im Haus ist, könnt Ihr gerne in aller Ruhe austrinken, oder …", Colin schien eine Idee zu kommen, „… es besteht kein Anlass, überstürzt aufzubrechen, Lord Weston. Besonders, da Ihr die Bekanntschaft mit Lady Langston eben erst wieder aufgefrischt habt. Wenn es der Dame beliebt, warum nehmt Ihr dann nicht noch ohne mich einen Brandy im Kaminzimmer, ehe Ihr geht?"

„Was meint Ihr, Lady Langston, wollen wir unsere Bekanntschaft noch ein wenig … *vertiefen?*"

Falls Colin der rauchige Ton in Devlins Stimme oder die leichte Betonung in seinen Worten aufgefallen war, so zeigte er es nicht, als er auf Danielles Antwort wartete.

„Nun … ich …"

„Lady Bosworth wäre sehr erleichtert, wenn der Abend trotz ihres Unwohlseins kein so abruptes Ende nehmen müsste", erklärte Colin.

„Nun, dann … dann seid doch so nett, Lord Weston, und begleitet mich noch in das Kaminzimmer. Ein Brandy zum Ausklang des Tages wäre sicher nett", fügte sich Danielle in ihr Schicksal.

Kapitel 6

Der Geruch von körperlicher Erfüllung lag in der Luft. Das schwache Licht beleuchtete den blanken Busen, und dunkle Schatten tanzten über ihren nackten Leib, als die Bewegung des Mannes das Kerzenlicht flackern ließ.

„Ich hoffe, Ihr seid mit mir zufrieden, Sir?", fragte sie und setzte ihre Fingernägel auf seine nackte Brust. Träge strich sie um seine Brustwarze, bis er ihre Hand beiseiteschob.

„Lass das! Zieh dich an und sieh nach, ob Lou schon da ist. Ich habe keine Lust, noch länger zu warten."

Gelangweilt und träge stieg die rothaarige Lulu aus dem Bett. Sie schlüpfte in den rot glänzenden Morgenmantel und kämmte mit den Fingern durch ihr lockiges Haar. Wie sehr sie die Behandlung durch diesen Drecksack hasste! Schließlich bezahlte er noch nicht einmal dafür, wenn er sie grunzend wie eine fette Sau bestieg. Dabei hatte er, so weit sie wusste, noch keinen einzigen Hinweis geliefert.

Lulu schnaubte. Vielleicht würde Lou bald zu demselben Schluss kommen wie sie und seinen Verlust als zu verschmerzen einstufen.

Mit einem letzten verächtlichen Blick auf den fetten, nackten Mann in ihrem Bett verließ sie ihr Zimmer und stieg die Stufen hinab zur Bar des Bordells. Erleichtert stellte sie fest, dass der Chef jetzt da war, denn sie hatte schon befürchtet, es dem Nichtsnutz noch einmal besorgen zu müssen, um ihn bei Laune zu halten.

„Lou, oben wartet der dicke Kerl, den Frank immer mitschleppt. Er will dich sprechen", erklärte sie knapp, ehe sie ihrem Zuhälter einen heißen Kuss gab. Lulu hoffte, er würde die eklige Spucke des Dicken in ihrem Mund schmecken und musste innerlich grinsen. Das war fast so, als hätte der Dicke ihm die Zunge in den Hals gesteckt.

„Lulu, Schätzchen, was macht der Kerl oben?", fragte der Zuhälter mit einer Stimme, die ihr selbst nach drei Jahren noch immer durch Mark und Bein ging. *Wie rostiges Eisen*, dachte sie.

„Er war ungeduldig, Lou. Also hab ich ihn drüber gelassen", erklärte sie gelangweilt und spähte den Raum nach einem zahlenden Kunden aus.

„Ich dachte, ich hätte mich klar ausgedrückt, als ich sagte, du nimmst nur noch deine Stammkunden mit in deine Kammer?"

Lulu biss sich auf die Lippe. Sie hatte gewusst, dass der Dicke Ärger machen würde. Nachdem der Wissenschaftler in ihrem Bett gestorben war, wollte Lou seine Geschäftspartner nicht mehr zu seinen Mädchen lassen.

„Er hat hier herumgelungert und die Kunden belästigt! Was hätte ich tun sollen? Das *Lulus* schließen?", fauchte Lulu zurück und warf theatralisch ihr Haar über die Schulter.

Die blonde Lulu kicherte, als sie den Streit mitbekam, und zwinkerte ihrer Kollegen verschwörerisch zu.

Alle Mädchen in Lous Bordell nannten sich Lulu, weil er es so wollte. Sein Name, seine Mädchen. So einfach war das. Und keine von ihnen würde es je wagen, die Türen seines Etablissements zu schließen, egal zu welcher Tages- oder Nachtzeit. Das *Lulus* hatte immer geöffnet!

„Halt den Rand, Schätzchen. In Zukunft tust du, was ich sage, oder ich zieh dir was vom Lohn ab, klar?"

Lulu nickte und schlenderte mit schwingenden Hüften davon, dem jungen Gecken entgegen, der so grün hinter den Ohren aussah, dass sie ein schnelles Geschäft witterte.

Danielles Hände waren schweißnass. Schweigend sah sie zu, wie Devlin ihnen einen Brandy eingoss. Das Prasseln des Feuers verstärkte ihre Unruhe noch, da sie sich der warmen Behaglichkeit des gemütlichen Raumes bewusst wurde. Ein großes, kuscheliges Sofa, ein dicker Teppich vor dem Kamin und das gleichmäßige Ticken der Standuhr in der Ecke verströmten eine warme Atmosphäre. Die geschmackvollen Gemälde und schweren Vorhänge unterstrichen diese Wirkung. Die ruhige Gelassenheit von Devlin hingegen machte sie fast wahnsinnig. Ihr Körper erzitterte noch immer unter dem Echo seines Kusses, und sie war sich nicht sicher, was das alles zu bedeuten hatte.

Devlin drehte sich zu der Frau um, die ihn mehr verwirrte als alle anderen Frauen vor ihr. Im goldenen Licht des Kaminfeuers erschien sie ihm so schön wie an dem Morgen im Arbeitszimmer, und, ebenso wie damals, erweckte ihr Anblick sein Verlangen. Aber alles, was er in den letzten Stunden über sie erfahren hatte, zwang ihn dazu, nicht wie sonst, rücksichtslos seine Bedürfnisse zu befriedigen, sondern sich um ihretwillen zurückzunehmen. Er war erstaunt, wie wichtig es ihm war, sie nicht noch einmal zu verletzen, auch wenn sein Wunsch, sie zu besitzen ins Unermessliche gestiegen war, seit er die Wahrheit über sie und Langston wusste. Mit einem ermutigenden Lächeln reichte er ihr den Brandy.

„Danielle, fürchtet Ihr mich?", fragte er, als er ihre großen Augen sah.

„Wundert Euch das? Ihr nehmt Euch, was Ihr wollt, ohne zu bedenken, was Ihr anrichtet."

„Tatsächlich? Tue ich das? Ich denke nicht."

Ihr Kampfgeist schien zu erwachen. Das gefiel ihm viel besser als ihre Angst. Und es passte so viel besser zu ihr.

„Und ich denke, Ihr irrt Euch!", beharrte sie eisern.

Er trat an die Tür und drehte den Schlüssel im Schloss herum.

„Danielle, meine Liebe, ich habe Euch immer nur gegeben, wonach es Euch verlangt hat! Ihr könnt das leugnen, aber es bleibt dennoch die Wahrheit."

Er sah sie über sein Glas hinweg an und nahm einen Schluck. Seine Augen brannten sich in ihre. Sie hatte bemerkt, wie er abgeschlossen hatte. Dass sie ihn nicht umgehend aufforderte, die Tür wieder zu öffnen, war für ihn schon wie ein Sieg. Sie wusste, was er tun würde — wusste es, und blieb dennoch bei ihm. Konnte es sein, dass sie ihn ebenso begehrte?

„Wisst Ihr, dass ich Euch nie ganz vergessen habe? Mich immer gefragt habe, ob Ihr auch ab und an noch an mich denkt?", murmelte er rau.

Sein Blick verdunkelte sich vor Leidenschaft, und Danielle bekam kaum noch Luft, so sehr nahm seine Nähe ihr den Atem.

„Ihr lügt!", stieß sie hervor. „Wie hättet Ihr Euch an mich erinnern können? Ich habe die Frau gesehen, mit der Ihr Euch … nun, sie war sehr schön! Und ich war ein Kind. Ein blasses Kind."

Devlin hob seine Hand an ihr Haar und zog eine

Haarnadel heraus.

„Ihr habt ein falsches Bild von Euch, Danielle", murmelte er, eine weitere Haarnadel herauslösend. „Es ist wahr. Die Frau, mit der ich in den Garten kam, war sehr schön. Aber sie war dennoch nicht zu vergleichen mit Euch. Als ich Euch sah, konnte ich meinen Blick nicht mehr abwenden. Eure riesigen glänzenden Augen spiegelten das Feuerwerk, und euer Haar erstrahlte in dem bunten Glanz. Ihr wart wie die Unschuld in einem Pfuhl der Sünde. Eine reine Quelle inmitten eines stinkenden Sumpfs aus Geld und Gier. Ihr wart der einzelne Sonnenstrahl, der durch den verkommenen Nebel dieser ehrwürdigen gehobenen Gesellschaft brach und alles in ein warmes Licht tauchte."

Eine weitere Haarnadel fiel zu Boden. Danielle schloss die Augen. „Ich habe Euer Bild in all den Jahren in meinem Herzen bewahrt, Danielle." Er grub seine Hände in ihr Haar und zog sie an sich. „Wie Ihr vor mir standet, mit wallendem Haar und bebenden Lippen. Noch einmal werde ich nicht den Fehler machen, Euch gehen zu lassen, meine Venus", flüsterte er, ehe er sie mit einem zarten Kuss um Zustimmung bat.

Danielle schwebte auf Wolken. Devlins Küsse, so verheißungsvoll und köstlich, weckten ihr so lang schon schlummerndes Verlangen, und mit all der Hoffnung auf Liebe, die sie schon vor zehn Jahren in ihrem Herzen getragen hatte, erwiderte sie seine Zärtlichkeit. Sie schlang ihre Arme um seinen Hals und war sich nur am Rande bewusst, dass er sie hochhob und zum Sofa trug. Ohne den Kuss zu unterbrechen, legte er sie nieder, öffnete die Ösen am Rücken ihres Kleides und streifte ihr den braunen Stoff von den Schultern. Sofort fanden seine Hände ihre Brüste, und Danielle durchfuhr es wie ein Blitz, als er zart die empfindliche Haut streichelte.

Sie grub ihre Nägel in seinen Rücken und warf ihren Kopf in den Nacken, als er eine köstliche Spur Küsse ihren Hals hinabwandern ließ. Mit quälender Langsamkeit umkreiste er dabei ihre rosigen Spitzen, hauchte seinen heißen Atem auf ihre Haut und sog schließlich die erblühte Knospe in seinen Mund. Danielle bäumte sich auf und rief seinen Namen. Devlins heiseres Lachen drang an ihr Ohr, ehe er ihren Mund erneut mit einem Kuss verschloss.

„Danielle, meine Liebste, wenn Ihr nicht meine Freundschaft zu Lord Bosworth auf alle Zeit trüben möchtet, weil Ihr ihn darauf aufmerksam macht, dass ich so schamlos bin, Euch hier auf seinem Sofa zu lieben, dann müsst Ihr etwas leiser sein", murmelte er gegen ihre Lippen und genoss die flammende Röte, die Danielle bei seinen Worten in die Wangen stieg.

Kapitel 7

*B*eschwingt und von einem seltsamen, zufriedenen Gefühl erfüllt, eilte Devlin am nächsten Morgen in seinen Herrenclub. Er ertappte sich dabei, wie er ein Lied pfiff, als er die Stufen hinaufstieg. Und dabei hatte er kaum geschlafen. Nachdem er sich schließlich im Morgengrauen von Danielle verabschiedet hatte, waren seine Gedanken noch lange nicht zur Ruhe gekommen. Nicht nur, dass er jede Facette ihres Liebesspiels immer und immer wieder durchlebt hatte, nein, auch ihr Gespräch beschäftigte ihn. Nachdem er nun einmal von Danielle gekostet hatte, erschien es ihm absolut unvorstellbar, dass Langston freiwillig Danielles Reize zurückgewiesen hatte. Aber Danielle hatte nicht gelogen. Er hatte trotz seiner Zärtlichkeit und Vorsicht den kurzen Schmerz in ihren Augen gesehen und das Hindernis gespürt, als sie ihm ihre Jungfräulichkeit zum Geschenk gemacht hatte.

Aber, wenn Langston tatsächlich seine Manneskraft bei einem Experiment verloren hatte, was hatte ihn dann am Tag seines Todes in das Bordell geführt? Irgendetwas sagte ihm, dass es ihn der *Venus* näherbringen würde, wenn er die Antwort auf diese Frage fand. Und auch, wenn er das Bildnis der Göttin schon zuvor hatte in seinen Besitz bringen wollen, so erschien es ihm nun, wo Danielle in sein Leben getreten war, als absolut notwendig. Vielleicht, so hoffte er inständig, konnte die sagenumwobene Kraft der *Venus* ihm endlich den Weg zur Liebe weisen, obwohl er den Titel des Earls of Windham trug.

Denn, wenn er ehrlich zu sich war, gingen seine Gefühle für Danielle schon jetzt über reines Begehren hinaus. *Zum Teufel, ich bin dabei, mich wie ein dummer Junge zu verhalten,* dachte er.

Zum Glück fügten sich seine Pläne so wunderbar in seine Wünsche, denn er würde seine Suche nach der *Venus* damit beginnen, Danielle einen weiteren Besuch abzustatten.

Lulu rekelte sich auf dem zerwühlten Laken. Schamlos spreizte sie ihre Schenkel, um Lou einzuladen, doch wieder zu ihr ins Bett zu kommen.

„Was hat der Dicke gestern eigentlich gesagt?", fragte sie unter gesenkten Lidern heraus und fasste sich an die üppige Brust. Lous Augen folgten der Bewegung ihrer Finger.

„Dass er es dir ordentlich besorgt hat", antwortete Lou verächtlich.

Lulu lachte. „Ja genau! Das waren die besten Sekunden meines Lebens", höhnte sie. „Ich sag dir eines, Lou, der ist sein Geld nicht wert."

Lou schob seine Hose hinunter, spreizte der Rothaarigen die Beine und stieß in sie hinein.

„Hast recht, Schätzchen", stöhnte er. „Darum wird mir Frank etwas liefern müssen." Seine Bewegungen wurden hektischer. „Ich will die *Venus*!", rief er und ließ sich kraftlos auf die Hure fallen. „Stell dir nur vor, wie mir die geilen Böcke dank des Bildes die Türen einrennen werden.

Wenn sich die Kerle in euch verlieben, kommen sie immer wieder her!"

Diese Vorstellung befriedigte ihn mehr als die schnelle Nummer mit Lulu. Als er sich von ihr herunterrollte, zwickte er ihr in die Brust und befahl gelangweilt:

„Was liegst du hier rum? Geh an die Arbeit, oder sollen es sich die Herren unten etwa selbst besorgen?"

Damit riss er sie an einer roten Haarsträhne hoch und schob sie zur Tür. Dieses Weib bildete sich wohl ein, sie wäre etwas Besonderes, nur weil sie die Einzige war, die er in sein Bett nahm. Aber das Weib selbst interessierte ihn nicht die Bohne. Sie sah nur zufällig genau so aus wie seine verhasste Mutter!

Lou kratzte sich am Sack und band seine Hose zu. Er hatte ganz andere Sorgen. Es gefiel ihm gar nicht, dass dieser Weston sich ebenfalls für die *Venus* interessierte.

Weston war ein ernst zu nehmender Gegner. Keiner von den Gestalten, mit denen Lou sonst fertig werden musste. Er verfluchte den Tag, an dem Langston krepiert war. Da hatte er wochenlange Arbeit investiert, das Vertrauen des Wissenschaftlers zu erlangen, und dann fickte der sich zu Tode, ehe er ihm die Hinweise auf den Verbleib des Gemäldes geliefert hatte.

Auch alles Weitere, was ihm die nötigen Informationen hätte bringen sollen, war erfolglos geblieben. So sehr er es hasste, er war auf Frank und den Dicken angewiesen. Aber wenn er erst die *Venus* in Händen halten würde, dann …

„Lady Langston, Lady Bosworth, bitte tretet ein. Es ist mir eine Freude, Euch kennenzulernen, auch wenn es unglückliche Umstände sind, die Euch zu mir führen."

„Danke, Mister York. Bitte entschuldigt, ich hätte mich längst mit Euch in Verbindung setzen müssen, aber ..."

Der Anwalt unterbrach mit einem Wink Danielles Entschuldigung und bot den Damen einen Stuhl an.

„Aber nein, Allerwerteste. Ich verstehe sehr gut, dass Euch die ... Umstände einige Zeit davon abhielten, nach London zu kommen. Und wer kann es Euch verdenken?"

Weil Danielle nicht noch einmal Matthews unrühmliches Dahinscheiden besprechen wollte, kam sie direkt zum Grund ihres Besuchs.

„Mister York, ich bin heute hier, weil ich wissen muss, wie es um die finanziellen Belange steht. Ich beabsichtige, das Haus in Essex zu verkaufen, und würde gerne zurück nach London kommen. Aber, da ich Matthews Geschäfte nicht kenne, werde ich wohl Eure Hilfe benötigen. Kann ich mir eine Wohnung in London überhaupt leisten, Mister York?"

Der Anwalt lächelte und nahm seine Brille ab.

„Meine Liebe. Ihr müsst Euch keine Sorgen machen. Lord Langston hatte ein hervorragendes Einkommen. Etliche seiner Erfindungen wurden als Patente verkauft, und seine Publikationen bringen nach wie vor Geld ein. Dazu die Summe aus der Klage ... äh ... wegen seines ... ähm ... Leidens ..., alles in allem, Lady Langston, seid Ihr eine reiche Frau."

Danielle war erleichtert, aber Elisa runzelte die Stirn.

„Welches Leiden?", fragte sie.

„Nun ... ähm, meine Liebe, ich weiß nicht, wie ich sagen soll, aber im Verlauf eines seiner Experimente versagte ein wichtiges Bauteil. Die ganze Apparatur stand unter gewaltigem Druck und ... nun, sagen wir, Lord Langston wurde unglücklich getroffen. Der Hersteller des Bauteils wurde zur Rechenschaft gezogen."

Dem Anwalt schien das Gespräch sehr unangenehm, denn er rutschte unruhig auf dem Stuhl herum.

„Wo wurde er denn getroffen?", wollte Elisa wissen.

Danielle sprang auf. „Das ist eine lange Geschichte, ich erzähle sie dir bei Gelegenheit. Wir haben Mister York nun lange genug aufgehalten. Vielleicht sollten wir auf dem Rückweg noch einmal an dem Häuschen vorbeifahren", schlug sie vor. „Jetzt, wo wir wissen, dass es für mich erschwinglich ist, würde ich sehr gerne einen zweiten Blick darauf werfen."

Elisa nickte und reichte dem Anwalt die Hand, als diesem noch etwas einfiel.

„Oh, Lady Langston!", rief er und schlug sich an die Stirn. „Da ist noch eine Sache. Als Euer Mann, Gott hab ihn selig, das letzte Mal bei mir war – er machte übrigens einen gesunden Eindruck auf mich, darum war ich sehr überrascht, nur einen Tag später von seinem Dahinscheiden zu hören –, da hat er seine Tasche hier vergessen. Ich bemerkte es und verstaute sie im Safe, um sie ihm zurückzugeben, aber in dem allgemeinen Durcheinander wegen seines Todes habe ich die Tasche vollkommen vergessen. Erst als ich Eure Nachricht bekam, fiel sie mir wieder ein."

Er bückte sich unter seinen Schreibtisch und holte eine schlichte Ledertasche hervor.

Wenig später rumpelte die Kutsche über das Straßenpflaster. Es war schon fast Mittag, und trotz der gestrigen Unpässlichkeit schien Elisa heute vollständig genesen. Danielle überlegte schon, ob ihre Freundin sie vielleicht absichtlich mit Devlin allein gelassen hatte, kam aber zu dem Schluss, dass zumindest Colin einem so unschicklichen Plan niemals zugestimmt hätte.

Als sie nun das neugierige Funkeln in Elisas Augen sah, kam sie wieder ins Grübeln.

„Nun sag schon, worüber hast du dich gestern denn noch mit Lord Weston unterhalten? Ich hoffe, ihr habt eure Meinungsverschiedenheiten ausgeräumt."

Danielle ließ ihren Blick aus dem Fenster schweifen. Worüber sie sich unterhalten hatten? Sie schmunzelte, als sie an den Abend zurückdachte.

„Ihr wollt mich lieben? Hier?"

„Ja, Danielle, das will ich. Und es gibt nichts, was Ihr tun oder sagen könntet, um dies zu verhindern."

Sein Kuss hatte ihren Mund versiegelt, ihre Einwände alle ausgelöscht und ihr nie gekannte Wonnen versprochen. Während er mit seinen hungrigen Lippen ihre Sinne benebelt hatte, hatte er seine Krawatte gelöst und sich seines Hemdes entledigt, ehe sich zu ihr legte.

Das warme Licht des Feuers glänzte auf seiner Haut, und Danielles Blick war gebannt dem Streifen dunklen Haares gefolgt, welcher vom Bauchnabel abwärts im Bund seiner Hose verschwand. Devlin hatte gelächelt und ihr einen Kuss auf die Nase gehaucht.

„Ihr fürchtet Euch doch nicht, oder?"

„Devlin, ich … wird es so sein, wie das, was Ihr damals mit der Frau auf der Terrasse …?"

Sein bebendes Lachen trieb ihr die Röte in die Wangen. Sie war so unerfahren! Sicherlich amüsierte ihn ihre Unwissenheit.

„Bei Gott, nein! So wird es nicht sein, Danielle",

versprach er, und mit einer Zärtlichkeit, die sie nicht erwartet hatte, begann er, ihr die Scheu zu nehmen. Seine Küsse waren wie Schmetterlinge auf ihrer Haut. Seine Hände zart und geduldig. Immer weiter erhitzte er ihr Gemüt und riss sie tiefer in den Strudel der Gefühle. Seine Muskeln unter ihren Fingern, so hart und stark, gaben ihr Sicherheit, und sie klammerte sich an ihm fest wie eine Ertrinkende. Er schob ihr Kleid weiter hinunter, bis es raschelnd zu Boden glitt.

„Ihr seid schöner als die *Venus*", flüsterte er, und seine Hände zitterten, als er sie wieder berührte. Seine Küsse wurden drängender. Danielle bemerkte, wie auch seine Erregung zunahm, als seine Zunge ihren Bauchnabel umkreiste und seine Hände ihre Brüste streichelten. Danielle war gefangen in ihrer erwachten Lust. Sie wollte mehr, und ihr Körper wusste, was zu tun war. Als Devlin seine Hände über ihre Hüften gleiten ließ, hob sie ihm ihr Becken entgegen. Er brauchte keine weitere Einladung, und als seine Finger ihre intimste Stelle berührten, grub sie ihm ihre Nägel in den Rücken. Köstliche Schauer hatten sie immer weiter einer Erlösung entgegengepeitscht, die sie zwar ersehnte, aber nicht hatte benennen können.

„Danielle? Hörst du mir eigentlich zu?"

Elisa war deutlich verstimmt, als sie mit dem Finger auf die Straße zeigte.

„Wir sind da! Willst du nun aussteigen, oder nicht? Ich verstehe nicht, warum du mich seit Minuten anschweigst!", schimpfte sie.

Danielle öffnete die Tür und stieg aus.

„Bitte entschuldige, ich war in Gedanken. Dieser Hauskauf ist immerhin eine schwerwiegende Entscheidung", versuchte Danielle, ihre Freundin zu besänftigen.

Schnell, um Elisa nicht anmerken zu lassen, dass sie mitten am Tag erotischen Träumen nachgehangen hatte, ging sie ein paar Schritte weiter und inspizierte das Haus von allen Seiten.

„Es ist wunderbar, Danielle. Ich weiß nicht, warum du zögerst!", rief Elisa und rückte ihren modischen Hut zurecht. „Man muss zuschlagen, wenn sich einem etwas so Fantastisches bietet."

Danielle nickte. Vielleicht hatte Elisa recht. Warum sollte sie nicht einmal in ihrem Leben zugreifen, wenn sich ihr etwas Wunderbares bot?

Sie ging weiter den Gehweg entlang, um einen Blick auf die Rückseite des Hauses zu werfen, als sie auf der anderen Straßenseite einen Bekannten aus Essex ausmachte.

„Mister Foster? Was für ein Zufall!", rief sie winkend und eilte über die Straße. Der Mann wirkte erschrocken, fasste sich aber schnell und lächelte ebenfalls. Er zog seinen Hut.

„Mylady", verneigte er sich und küsste Danielles Handrücken.

„Wie schön. Was verschlägt Euch denn nach London?", fragte Danielle und winkte Elisa heran. „Darf ich vorstellen: Lady Elisa Bosworth, eine alte Freundin, und dieser Herr ist Frank Foster. Er war mir eine große Hilfe in den letzten Monaten. Mister Foster hat sich um so viele Dinge gekümmert. Er hat mir geholfen, das Labor auszuräumen und die Gerätschaften an die Universität in Oxford zu schicken. Oh, er hätte mir noch viel mehr Arbeit abgenommen, aber in meiner Sentimentalität konnte ich mich bisher nur von wenigen Stücken trennen. Mister Foster ist ein wahrer Engel."

Elisa lächelte charmant. Dass der Mann etwas verlegen

wirkte, als ihre Lobeshymne endete, bemerkte Danielle nicht.

„Vielleicht", schlug Elisa begeistert vor, „sollte Mister Foster heute Abend mit uns in die Oper kommen. In unserer Loge ist immer Platz für einen Gast mehr."

Frank überlegte kurz, ehe er zustimmte.

„Lady Bosworth, vielen Dank für Eure Einladung. Ich fühle mich geehrt und begleite Euch natürlich sehr gerne", bedankte er sich nach einem kurzen Moment des Zögerns.

„Das ist wunderbar", flötete Elisa. „Lord Weston wird uns ebenfalls wieder Gesellschaft leisten, und …"

„Tatsächlich?", fuhr Danielle dazwischen, und die Freude in ihrer Stimme war kaum zu überhören.

„Habe ich das noch nicht erwähnt? Nun, Colin wollte sich unbedingt für den gestrigen Abend entschuldigen. Darum sandte er direkt heute Morgen eine Einladung aus."

Foster, dem alle Farbe aus dem Gesicht gewichen war, schlug sich mit der flachen Hand an die Stirn. Bedauernd schüttelte er den Kopf.

„Da fällt mir ein, dass ich heute Abend leider verhindert bin. Dennoch danke ich für die Einladung und wünsche den Damen einen schönen Abend. Lady Langston, es war schön, Euch zu treffen. Wenn Ihr bei den Hinterlassenschaften noch Unterstützung braucht, wisst Ihr ja, wo Ihr mich finden könnt."

Danielle, die insgeheim erleichtert war, Foster nicht den ganzen Abend unterhalten zu müssen, verabschiedete sich höflich und lächelte, als er davoneilte.

In Gedanken war sie schon bei dem Wiedersehen mit Devlin. Sie sah an sich hinab und stellte fest, dass Schwarz nicht das war, was sie für den Abend im Sinn hatte. Nachdem, was sie gestern getan hatte, wäre die Witwentracht ohnehin die reinste Heuchelei.

Kapitel 8

*D*anielle stand vor dem Spiegel und zögerte. Elisa saß hinter ihr auf der Bettkante und lächelte zufrieden.

„Du siehst großartig aus. Der grüne Satin lässt dich sehr geheimnisvoll wirken. Bist du sicher, dass du dein Haar wirklich offen tragen möchtest? Wo doch zur Zeit Hochsteckfrisuren sehr modern sind", überlegte Elisa.

„Ich bin sicher!"

Entschlossen, nicht länger das Leben an sich vorbeiziehen zu lassen und besonders Devlin Weston nicht einfach wieder gehen zu lassen, strich sie sich die glänzenden Locken zurück und kniff sich in die Wangen. Dabei zauberte schon allein die Vorfreude eine hübsche Röte auf ihr Gesicht.

„Danielle, du willst mir also wirklich nicht sagen, was gestern Abend geschehen ist?", fragte Elisa zerknirscht, da Danielle ihren Fragen den ganzen Tag ausgewichen war.

„Nein, meine Liebe, das möchte ich nicht! Aber, wenn es dich beruhigt, dann sei versichert, dass ich Lord Weston sein vorheriges Verhalten verziehen habe."

Elisa klatschte in die Hände.

„Wunderbar! Stell dir nur vor, vielleicht könnte ich Euch beide verkuppeln!", rief sie, und Danielle musste sich ein Lachen verkneifen.

„Na, da wünsche ich viel Vergnügen!", scherzte Danielle

und machte sich auf den Weg nach unten. Mit jedem Schritt beschleunigte sich ihr Puls.

Colin und Devlin erwarteten die Damen bereits in der Halle.

„… und am Ende hatte er sein ganzes Vermögen am Spieltisch verloren, der arme Tropf", berichtete Colin von einem entfernten Bekannten. Devlin hörte nur halb zu. *Ich bin aufgeregt wie ein junger Bursche*, ärgerte er sich über sich selbst. Dabei war er schon kein junger Bursche mehr gewesen, als er Danielle zum ersten Mal geküsst hatte. Trotzdem hatte dieser unschuldige Kuss ihn in all den Jahren verfolgt. Vielleicht war dies der Grund für sein gesteigertes Interesse an dieser Frau. Dass er sich in all den Jahren ausgemalt hatte, was aus ihr geworden sein mochte. Dass sie nun jede Vorstellung übertraf, machte es für Devlin umso schwerer. Er musste sich eingestehen, dass sie ihm den ganzen Tag nicht aus dem Sinn gegangen war.

Als er sie nun die Treppe herunterkommen sah, musste er schlucken.

Wusste sie nicht, was sie anrichtete, wenn sie ihr Haar offen trug? Wie konnte sie erwarten, dass er nicht in aller Öffentlichkeit seine Hände darin vergraben würde? Wie sollte er die Selbstbeherrschung aufbringen, sie nicht sofort wieder nach oben zu tragen, um diese zauberhaften Locken in Unordnung zu bringen? Mit seiner Beherrschung war es ohnehin nicht sehr weit her, seit er Danielle kannte. Wenn er sich an die gestrige Nacht erinnerte, dann musste er zu seiner Schande gestehen, dass sie ihn fast um den Verstand gebracht hätte. Als sie ihm so einladend lasziv ihr Becken entgegengehoben hatte, war es um ihn geschehen gewesen.

„Danielle, Liebste, ich kann nicht länger warten", hatte er

geflüstert, als ihre feuchte Hitze seine Finger benetzt und sie voller Lust seinen Namen gekeucht hatte. Schnell hatte er sich seiner Hose entledigt, und, als sie ihn ohne Scheu musterte, sogar ihre Hand nach ihm ausstreckte, hätte er sich beinahe vor ihr blamiert.

Er musste diese Frau jetzt haben. Mit letzter Beherrschung kam er über sie, küsste sie, während er ihre Schenkel spreizte. Danielle stöhnte, als seine pralle Männlichkeit sie berührte, und presste sich an ihn. Er hob ihr Becken an, hielt ihre Taille umklammert, als er langsam in ihre Enge eindrang. Danielle versteifte sich, als er die Barriere ihrer Jungfräulichkeit durchbrach, und Devlin hatte Mühe, seinen Samen nicht sofort in sie zu verströmen. Mit zaghaften Bewegungen nahm er ihr den Schmerz, und, als Danielle ihre Augen wieder öffnete, sah er das Feuer der Begierde erneut darin lodern, und sie hob sich jedem seiner Stöße entgegen, drängte sich näher an ihn.

Als die Welle der Lust über ihr gebrochen war und sich ihr Leib zuckend um ihn geschlossen hatte, hatte er seine mühsame Selbstbeherrschung aufgegeben und Erfüllung in der fiebrigen Hitze ihres pulsierenden Schoßes gefunden.

„Da kommen die Damen ja endlich", bemerkte Colin und reichte Elisa ihren Mantel, während Devlin, noch immer gebannt, seinen Blick nicht von Danielle nehmen konnte.

„Die Kutsche wartet schon", erklärte Colin und führte Elisa hinaus.

„Lady Langston, Ihr seht bezaubernd aus." Devlin verneigte sich und, als die Gastgeber zur Tür hinaus waren und er Danielle den Mantel reichte, fuhr er gedämpft fort: „Beinahe so bezaubernd wie gestern Nacht."

Danielle errötete.

„Lord Weston! Ihr solltet nicht …"

„Still, Lady! Ihr könnt Euch nicht darüber beschweren, diese Erinnerung in mir wachzurufen, wenn Ihr mit offenem Haar hier erscheint. Wisst Ihr eigentlich, wie sündig Ihr ausseht?"

Danielle biss sich auf die Lippe. Sie hatte ihn provozieren wollen, aber nun fragte sie sich, ob dies so schlau gewesen war. Sein Blick spiegelte ungezügeltes Verlangen wieder, und sein Griff um ihre Taille, als er sie zur Kutsche führte, war beinahe schon kompromittierend.

„Devlin, bitte …", versuchte Danielle vergeblich, sich aus seinem Griff zu winden.

Selbst beim Einsteigen in die Kutsche lag noch immer seine Hand auf ihrer Hüfte, aber zum Glück achtete weder Elisa noch Colin auf sie.

In der Kutsche wagte Danielle es kaum, sich Devlins Blick zu stellen, denn er schien sie mit seinen Augen zu entkleiden. Nein, das war nicht ganz richtig, er schien sie mit seinem Blick zu verführen. Ihr wurde heiß, und sie versuchte, sich auf das fröhliche Geplapper ihrer Freundin zu konzentrieren, bis sie die Oper erreichten.

Colin ging voraus, ebnete ihnen den Weg durch die Menge bis zu ihrer Loge. Devlin hatte beiden Damen den Arm gereicht und folgte seinem Freund, hier und da zum Gruß den Kopf beugend. Sämtliche Blicke folgten ihnen.

Erleichtert atmete er aus, als sich der dunkle Vorhang hinter ihnen schloss und das gedämpfte Licht der Loge sie umfing.

„Weston, Ihr erregt einiges Aufsehen", bemerkte sogar Colin.

„Das liegt daran, dass ich nur sehr selten in der Stadt bin. Jeder stellt Spekulationen an, was mich wohl hierher führt", erklärte Devlin, auch wenn er annahm, dass Danielles Anwesenheit ebenfalls ein Grund für das Getuschel war.

Elisa hingegen strahlte.

„Sicher nehmen alle an, Ihr macht der Witwe Langston den Hof", überlegte sie laut.

„Womöglich ist das so", pflichtete er ihr bei und zwinkerte Danielle zu. „Mir wurden schon schlimmere Dinge unterstellt."

Der Vorhang wurde beiseitegeschoben und eine Frau stand in der Loge.

Ihr schwarzes Haar war zu einer voluminösen Frisur aufgetürmt und ihr purpurfarbenes Kleid schaffte es kaum, ihre Brustwarzen zu bedecken, so tief war es ausgeschnitten. Mit strahlenden Augen musterte sie Devlin.

„Hol mich doch der Teufel, ich wollte es nicht glauben! Der Earl of Windham beehrt London mit seiner Gesellschaft."

Sie streckte Devlin ihre Hand zum Kuss entgegen und schenkte ihm ein vernichtendes Lächeln.

Danielle wusste sofort, wen sie vor sich hatte. Sie hatte nie vergessen, wie samtig und matt die Stimme der Frau geklungen hatte, als diese in Devlins Armen Befriedigung gefunden hatte. Beinahe versagten ihr die Beine, als Devlin die Frau begrüßte.

„Lady Winther."

Die dunklen Augen der Frau hefteten sich auf Danielle, und sie verzog das Gesicht.

„Was führt Euch nach London, Weston? Geschäfte oder sucht Ihr womöglich das *Vergnügen*?", fragte sie und legte ihm dabei vertraut die Hand auf den Arm – eine offensichtliche Einladung.

„Manchmal …", Devlin entwand ihr seinen Arm und lächelte Danielle an, „… lässt sich das nicht ganz trennen."

Diese Antwort schien der Schwarzhaarigen weniger zu

gefallen, denn sie schnaubte verächtlich.

„Ist sie Eure neue Favoritin?", fragte sie und musterte Danielle unverhohlen feindselig.

Verärgert presste Devlin seine Lippen zusammen.

„Ich bitte Euch, Lady Winther, Euch auf den guten Ton zu besinnen", erklärte Devlin kühl.

„Wenn ich vorstellen darf, …", wandte er sich nun an Elisa und Colin. „… Lady Winther, eine alte Freundin – Lord und Lady Bosworth. Und dies ist Lady Langston."

Sichtlich ungehalten über Devlins Zurechtweisung verzog die Schwarzhaarige das Gesicht.

„Eure Begleiterin ist mir bekannt. Der … nennen wir es … *peinliche* Tod ihres Mannes hat ihr zu Ruhm – wenn auch nicht zu Ehre –, verholfen."

Danielle schnappte erschüttert nach Luft, brachte aber kein Wort heraus. Was hätte sie auch sagen sollen?

Schützend stellte Devlin sich vor sie, und seine Miene drückte deutliches Missfallen aus. Aber seine ehemalige Bettgefährtin ließ sich davon nicht einschüchtern. Im Gegenteil. Ihr gefiel es nicht, dass Devlin sich so für seine Begleiterin einsetzte.

„Weiß denn die Witwe Langston, dass Windham-Männer niemals lieben? Nicht, dass es ihr ebenso ergeht wie manchem traurigen Geschöpf, welches das Pech hatte, Euch über den Weg zu laufen."

„Claire!", warnte Devlin die Frau, aber der triumphale Ausdruck in Lady Winthers Gesicht zeigte, dass sie ihr Ziel schon erreicht hatte.

Danielle schmerzte es, Devlin die Frau so vertraut mit deren Vornamen ansprechen zu hören. Und was meinte Lady Winther mit ihren Worten, Windham-Männer könnten niemals lieben?

„Lord Weston, falls Ihr der Witwe überdrüssig werden

solltet, macht Euch nicht auf den Weg in ein Bordell, angeblich ist das nicht gut für die Gesundheit. Kommt lieber zu mir, und wir frischen unsere alte Freundschaft wieder auf", schlug Lady Winther vor, ehe sie so schnell, wie sie gekommen war, auch wieder verschwand.

„Ungeheuerlich!" Elisa stapfte mit dem Fuß auf. „Dieser Auftritt war ja ungeheuerlich! Eine Unverschämtheit!"

Devlin war zerknirscht, und mit großem Bedauern versuchte er, sich für Lady Winther zu entschuldigen.

Schließlich beendete das schwächer werdende Licht die peinliche Situation, und der Vorhang zum ersten Akt hob sich.

Danielle meinte, alle Augen im Saal wären auf ihre Loge gerichtet. Sie fühlte die Blicke der Menschen, und selbst die erlösende Dunkelheit schaffte es nicht, sie zu beruhigen. Devlin, der seitlich hinter ihr saß, beugte sich nach vorn. Sein Atem strich über ihren Nacken, als er flüsterte:

„Danielle, es tut mir leid, was hier gerade geschehen ist. Lady Winther wollte Euch verletzen, nur aus diesem Grund ist sie hergekommen. Nehmt Euch ihre Worte nicht zu Herzen."

Danielle streckte den Rücken durch. Sie war wirklich aufgebracht. So aufgebracht! Sally würde ihr vermutlich empfehlen, auf etwas einzuschlagen. Und sicher würde ihr dies Erleichterung bringen. Aber da sie nicht vorhatte, ihre liebe Freundin Elisa zu blamieren, zugleich aber auch keine Sekunde länger all diese Menschen um sich herum ertragen konnte, erhob sie sich und trat an den Vorhang.

„Ich fürchte, Elisas Unpässlichkeit hat mich heute erwischt. Lord Bosworth, Elisa, vielen Dank für die Einladung, aber ich muss mich entschuldigen. Genießt das Stück, ich finde allein nach Hause."

„Danielle, wartet!", rief Devlin und bedeutete den Bosworths, dass er sich um Danielle kümmern würde, ehe er ihr hinterherlief.

Er fasste ihren Arm und zwang sie, stehen zu bleiben. Marmorne Säulen säumten den Gang, und ein dicker Teppich dämpfte ihre Schritte. Dunkelrote Vorhänge führten zu den einzelnen Logen, und leiser Gesang drang durch das ganze Gebäude.

Entschlossenheit lag in Devlins Blick. Er würde unter keinen Umständen zulassen, dass Claires Auftritt einen Keil zwischen ihn und Danielle trieb. Teufel auch, er begehrte diese Frau wie nichts und niemanden zuvor!

„Was soll das? Warum lauft Ihr davon?", fragte er wütend. „Es tut mir leid, dass Lady Winther Euch beleidigt hat. Ich kann Euch nur versichern, dass ich schon vor vielen Jahren die Affäre beendet habe. Deswegen dürft Ihr doch nicht an dem zweifeln, was zwischen uns ist und einfach davonlaufen."

Danielle riss sich von ihm los.

„Es geht nicht um uns! Was denkt Ihr denn von mir? Was gestern geschehen ist, war wundervoll, aber haltet mich nicht für so naiv anzunehmen, dies sei etwas Besonderes für Euch gewesen. Ich weiß, dass Ihr eine Vergangenheit habt. In all der Zeit sah ich Euch in meinem Geiste immer mit Frauen. Schönen, welterfahrenen Frauen wie Lady Winther. Natürlich schmerzen mich ihre Worte, auch wenn ich nicht verstehe, was sie mir sagen wollte. Aber das ist nicht der Grund, warum ich es nicht länger ertrage, hier zu sein."

Danielle schüttelte verzweifelt den Kopf.

Mit gesenkter Stimme fuhr sie fort: „Diese Hyänen, mit ihrem Spott! Ich ertrage es nicht, wie sie mich ansehen! Sie lachen über mich. Nicht nur Lady Winther, die wenigstens den Mut hat, mich direkt auf Matthews peinlichen Tod anzusprechen. Sie alle denken, ich hätte meinen Mann nicht glücklich machen können. Ich habe ja selbst Zweifel daran, dabei hat mir heute unser Anwalt versichert, dass Matt wirklich nicht in der Lage war, mir – oder einer anderen Frau – beizuwohnen."

Devlin sah über die Schulter. Die Gänge waren leer, trotzdem war dies nicht der richtige Ort für ein derartiges Gespräch.

„Kommt, Danielle. Lasst uns gehen."

Gemeinsam stiegen sie in die Kutsche und saßen sich schweigend im Halbdunkel gegenüber. Devlin sah ihren Schmerz und ertrug es nicht, sie so unglücklich zu sehen. Wenn er doch nur die *Venus* fände, dann …

Sollte es stimmen, was über das Bildnis gesagt wurde, dann könnte es ihm womöglich dabei helfen, das traurige Erbe der Windhams zu ändern. Vielleicht würde er dann tatsächlich lieben können. Denn zum ersten Mal in seinem Leben wollte er das.

„Was hatte Langston in dem Bordell zu suchen, wenn er nicht …? Könnt Ihr Euch das erklären?", griff Devlin das Gespräch wieder auf. Irgendetwas störte ihn an der ganzen Geschichte.

„Müssen wir davon sprechen? Ich will nicht darüber nachdenken, warum er mich betrog – wo er es doch eigentlich nicht konnte!"

Kapitel 9

Als sie wenig später im Kaminzimmer saßen und jeder einen Brandy in den Händen hielt, hakte Devlin noch einmal nach. Er musste sich zwingen, sich auf andere Dinge zu konzentrieren als darauf, was sich gestern hier ereignet hatte, denn egal, was Danielle von ihm glaubte, die letzte Nacht war etwas Besonderes für ihn gewesen – und das war beunruhigend.

„Was hatte Euer Mann denn in London zu tun?", fragte er und schritt die Gemälde ab, da er nicht wagte, Danielle zu nahe zu kommen.

„Es war nicht so, dass ich immer wusste, was Matt antrieb", gestand Danielle. Zuzugeben, wie traurig ihr Zusammenleben mit ihrem Ehemann in Wirklichkeit gewesen war, fiel ihr nicht leicht. Hatte sie sich doch in den letzten Jahren immer einzureden versucht, dass sie es schlechter hätte treffen können. „Aber ich vermute, dass es etwas mit der *Venus von Lavinium* zutun hatte. Schon einige Wochen vor seinem Tod war er für einige Tage in London gewesen. Er kam zurück und war furchtbar aufgeregt, weil er glaubte, das Bild sei in einem Museum in London aufgetaucht. Er sagte, bei seinen Nachforschungen habe er einen weiteren Experten auf diesem Gebiet kennengelernt, und sie hätten Tage damit verbracht, alle infrage kommenden Gemälde zu studieren. Er hatte haufenweise Notizen angefertigt, die er mit irgendetwas abgleichen wollte."

Danielle zuckte die Schultern.

Devlin runzelte konzentriert die Stirn und durchmaß mit langen Schritten den Raum.

„Ich denke, da steckt mehr dahinter", überlegte er. „Wenn man sich all dies einmal genau betrachtet, meine Liebe, dann ergibt sich ein stimmiges, wenn auch furchtbares Bild."

Er setzte sich neben Danielle und griff nach ihrer Hand.

„Euer Gatte kam nach London, um die *Venus* zu finden, und studierte die Bilder, die er für mögliche Verstecke hielt. Er muss geglaubt haben, das Rätsel mithilfe seiner Notizen lösen zu können. Das würde seine Aufregung erklären. Seine Abhandlung über die Schriftrollen aus dem Mittelmeer weckten ja selbst in mir die Hoffnung, einen Hinweis darin zu finden. Was, wenn er tatsächlich fand, was er suchte? Wenn er nach London zurückkam, um die *Venus* zu enthüllen?"

Danielle war blass geworden.

„Ihr denkt, er hat sie womöglich gefunden?"

Devlin nickte. „Vielleicht. Oder er war kurz davor. Danielle, ich fürchte, Euer Mann ist einem Verbrechen zum Opfer gefallen. Ich glaube nicht, dass er in das Bordell ging, um sich zu vergnügen, nein, ich befürchte, er wurde ermordet, weil er die *Venus* entdeckt hatte."

Grabesstille legte sich über den Raum, und Devlin spürte, wie Danielles Hände zitterten. Er legte seinen Arm um sie und zog sie an seine Brust.

„Er hat mich nicht betrogen?", fragte sie kaum hörbar, und selbst Devlin spürte die Erleichterung unter ihrem Schmerz.

Er küsste ihre Schläfe, strich ihr sanft übers Haar und über den Rücken.

„Ich versichere Euch, kein Mann, der auch nur einen Funken Manneskraft in sich trägt, könnte Eurer Schönheit widerstehen. Niemals hätte er Euch zurückgewiesen, um sich in einem dieser Etablissements Erleichterung zu verschaffen."

„Aber was wollte er dann dort? Und wer hätte etwas von seinem Tod?"

Sein Treffen mit Mister Corbett kam ihm in den Sinn und auch die Warnung, die darin mitgeschwungen hatte. „Das werden wir herausfinden!"

Devlin drückte ihre Hand und versprach: „Ich werde morgen diesem Freudenhaus einen Besuch abstatten und sehen, was ich in Erfahrung bringen kann."

„Ihr wollt dort hingehen? Seid Ihr von Sinnen?", rief Danielle und sprang auf.

Devlin erhob sich ebenfalls, fasste ihre Hände und zog sie an sich.

„Danielle, meine Schöne, Ihr müsst nicht gleich eifersüchtig sein. Ich werde mich von den Damen fernhalten – versprochen. Ohnehin kann keine von ihnen Euch das Wasser reichen."

Damit ließ er seine Hände auf ihren Rücken wandern und öffnete die ersten Knöpfe ihres Kleides.

„Ich bin nicht eifersüchtig, Mylord! Ich bin nur besorgt um Euch", erklärte sie, um im nächsten Moment nach Luft zu schnappen, weil er ihr, ohne zu zögern, das Kleid von den Schultern streifte.

„Mylord, das geht nicht! Was, wenn uns einer sieht? Was, wenn ..."

Devlin öffnete bereits sein Hemd, und sein kehliges Lachen trieb Schauer der Erregung durch Danielles Körper.

„Die Oper dauert noch eine gute Stunde. Danach werden

die Straßen so voll sein, dass es noch einmal so lange dauert, ehe unsere Gastgeber hier ankommen werden. Das Personal denkt, wir seien ebenfalls außer Haus. Aber, selbst wenn uns dennoch einer überraschen sollte, so seid Ihr kein junges Ding mehr, dessen Ruf zerstört wäre, wenn es in meiner Nähe gesehen würde. Ihr seid eine wohlhabende Witwe, frei zu tun, was immer Euch beliebt, Danielle."

Er trat näher. Erlaubte sich endlich, seine Hände durch ihr Haar gleiten zu lassen und sich eine Strähne davon um den Finger zu wickeln. Sein begehrlicher Blick versengte sie, und seine raue Stimme war ein köstliches Versprechen. „Beliebt es Euch, mir Eure Gunst zu schenken, Mylady, oder muss ich Euch erst überzeugen?"

Lou war wütend. Dieser stinkende Fettsack saß unten in seiner Bar und hoffte wohl, wieder, ohne bezahlen zu müssen, an eines seiner Mädchen zu kommen, aber da hatte er sich getäuscht.

„Warum schleifst du den Dicken wieder hier an, Frank? Einer von Euch ist so nutzlos wie der andere – und zwei von Euch sind kaum zu ertragen! Ich will den Kerl nicht mehr hier sehen, hast du mich verstanden?", schrie er.

Frank nickte und drehte nervös seinen Hut in den Händen. Der Tag fing nicht gerade so an, wie er es sich erhofft hatte.

„Ja, ja, ich weiß, dass wir nicht viel haben – bisher. Ich bin ihr jetzt schon etliche Tage gefolgt ... aber ..."

„Nichts aber! Ich habe gesagt, du sollst die Witwe ausspionieren. Irgendwo muss Langston doch seine Hinweise haben? Glaubst du, er hat es ihr gesagt? Es ist doch ein großer Zufall, dass sie so plötzlich nach London kommt, oder?"

Frank kratzte sich und schüttelte den Kopf.

„Ich hätte gewettet, sie hat keine Ahnung, aber vielleicht täusche ich mich. Immerhin steht sie im engen Kontakt zu Lord Weston, dem Earl of Windham", erklärte Frank.

Lou horchte auf.

„Was? Windham?" Er donnerte die Faust auf den Tisch. „Ich hatte es geahnt! Dieser Kerl wird uns Ärger machen, denn er ist ebenso wie wir hinter der *Venus* her. Sieh zu, dass du mir mehr Informationen beschaffst", befahl Lou und wies Frank die Tür. Im Hinausgehen wagte Frank sich dennoch vor, denn so sehr er dem zwielichtigen Zuhälter auch misstraute, so sehr verlangte es ihn nach dessen Mädchen.

„Lou, das alles ist sehr anstrengend. Eine kleine Bezahlung wäre schon hilfreich … was meinst du, könnte die rote Lulu vielleicht …?"

Der Zuhälter hob den eisigen Blick und schien Frank damit zu durchbohren. Gerade, als dieser sich für die Frage entschuldigen wollte, zuckte Lou die Schultern und rief:

„Lulu, schwing deinen Hintern her und mach dich nützlich!"

An diesem Morgen war Devlin auf dem Weg in einen Teil Londons, der in den Abendstunden nicht gerade sicher zu nennen war. Um diese Tageszeit jedoch herrschte ausnehmende Ruhe. Ein breitschultriger Türsteher vor dem Haus mit der roten Laterne und einer sich rekelnden Katze auf dem Schild über der Tür trat höflich beiseite, als Devlin die Stufen erklomm. Das *Lulus* machte im Tageslicht einen freudlosen Eindruck, aber Devlin wusste, dass es eines der beliebtesten Bordelle Londons war. Die meisten Tische waren leer, die Kerzen in den Kandelabern erloschen, und der Gestank von kaltem Rauch lag schwer in der Luft. Am Tresen lehnte lasziv eine leichtbekleidete Blondine, die ihren roten Schmollmund bei Devlins Eintreten zu einem Kussmund formte.

Mit sinnlich schwingenden Hüften kam sie auf ihn zu, klimperte mit ihren schwarz getuschten Wimpern, und es schien kein Zufall zu sein, dass der dünne Stoff ihres Kleides dabei von der Schulter rutschte und den Blick auf ihren blanken Busen freigab.

„Mylord, Ihr seht etwas angespannt aus." Ihre Hände strichen über Devlins Brust und fuhren unter seine Weste. Devlin ließ sie gewähren.

„In der Tat", stimmte er ihr zu und führte sie an die Bar.

„Vielleicht mögt Ihr Euch von mir helfen lassen? Ich kann Euch alles andere vergessen lassen", schlug das Mädchen vor und leckte sich über die Lippen.

„Ich habe gehört, die Männer sterben, so gut werden sie hier ... bedient", sagte Devlin im Scherz und zeigte auf den Whisky.

Das Mädchen kicherte, goss ihm ein Glas ein und tauchte den Finger hinein, ehe sie ihn Devlin in den Mund schob.

„Nein, Mylord. Das war ein Unglück. Wir möchten ja, dass Ihr *wieder und wieder kommt*. Und zwar im wahrsten Sinne des Wortes, Mylord."

Sie setzte sich mit gespreizten Beinen auf seinen Schoß. „Soll ich Euch eine Kostprobe geben", fragte sie und schob ihre Hand in seinen Schritt. Devlin hielt sie fest und schob sie ein wenig von sich. Er bezweifelte inzwischen, dass er hier etwas erfahren würde. Dabei war er sich sicher, dass es kein Zufall sein konnte, wenn ein saftloser Wissenschaftler ein Bordell aufsuchte. Aber was hatte Langston dann hierher geführt?

Er überlegte, wie er die engagierte Dame wieder loswerden konnte, als ein weiteres Freudenmädchen die Treppe herunterkam. Sie zupfte ihr Kleid zurecht, welches denselben leuchtenden Rotton hatte wie ihr Haar. Hinter ihr kam ein Mann, dessen entrückter Blick seine Befriedigung deutlich zeigte.

Schnell zog Devlin die Blonde wieder näher heran und senkte seinen Kopf, um ihren Hals zu küssen. Das Mädchen kicherte und presste sich an ihn.

Der andere Gast setzte sich den Hut auf und sah sich um. An dem einzigen weiteren Mann in diesem Etablissement, einem dicken Kerl mit Backenbart, der in der hintersten Ecke saß, blieb sein Blick hängen.

„Komm, wir haben Arbeit!", rief er, und der Dicke verzog das Gesicht, trottete aber hinter dem anderen zur Tür.

„Wiedersehen, Frank!", rief die Rothaarige, ehe sie an die Bar kam und sich einen Drink genehmigte.

Devlin stürzte seinen Whisky hinunter und zwinkerte der Frau auf seinem Schoß zu, deren glänzende Lippen nur Millimeter von seinen entfernt waren. *Zeit, die Sache zu vertiefen*, dachte er und fasste sie um die Taille.

„Mylady, wenn ich bitten darf?"

„Elisa?", hallte Danielles Ruf durch die Gänge. Sie eilte die Stufen hinab und sah zuerst ins Speisezimmer, dann ins

Kaminzimmer, ehe sich die Tür der Bibliothek öffnete und Elisa neugierig ihren Kopf herausstreckte.

„Ich bin hier! Warum diese Aufregung?", fragte sie.

„Die Tasche. Ich suche die Tasche", erklärte Danielle und sah sich dabei weiter ungeduldig um.

„Wovon sprichst du?"

„Gestern gab uns Mister York Matthews Tasche. Wo ist sie?"

„Ach die! Du hast sie aus der Kutsche in den Salon getragen, und ich glaube, sie heute Morgen noch dort gesehen zu haben", überlegte Elisa und eilte neben Danielle in den Salon. „Was willst du denn damit?"

„Entschuldige, es ist alles eine unheimlich verwirrende und komplizierte Geschichte."

Danielle fasste nach Elisas Hand und lächelte ihre alte Freundin an.

„Die Kurzfassung ist: Lord Weston und ich vermuten, dass Matthew wegen eines wertvollen Gemäldes ermordet wurde, darum versucht Lord Weston gerade, in dem Bordell einen Hinweis zu finden. Ich denke, dass derjenige, der in Matts Arbeitszimmer eingebrochen ist, hinter dem Inhalt der Tasche her war! Und außerdem … fürchte ich, mich in Lord Weston verliebt zu haben."

Elisa blinzelte. Einmal, dann ein zweites Mal. Sie öffnete ihren Mund, holte Luft – und schloss ihn wieder.

„Ich verstehe", murmelte sie schließlich.

„Ich werde dir alles ausführlich erklären, wenn wir hinter die Wahrheit gekommen sind", versprach Danielle und öffnete die Tasche. Sie schämte sich beinahe ein wenig dafür, nicht schon gestern in die Tasche gesehen zu haben. Vielleicht hätten sie und Devlin den Mord dann schon längst beweisen können. Aber sie war den ganzen Tag nur damit beschäftigt gewesen, ein Kleid zu finden, welches

Devlin gefallen würde. Sie hatte nicht an ihren Mann gedacht, weil sie stattdessen von Devlin geträumt hatte.

Gespannt zog Danielle einen Stapel Papiere aus der Tasche und überflog die Worte ihres verstorbenen Mannes.

Es waren Beschreibungen verschiedener Bilder.

Der Garten: Blüten, Gräser, im Grundton grün gehalten, einfache Pinselführung, von der künstlerischen Bedeutung eher unauffällig.

Die Schöne: das Antlitz einer Frau, elegant und zeitlos, gekonnte Pinselführung, aber sonderbare Farbwahl, stark verblasst.

Der Delfin: ein Delfin, im Zentrum des Bildes, das Meer im Ganzen als Hintergrund. Grundton blau und grün, ein Aquarell, würde Danielle gefallen – Preis von Audrey erfragen.

Die Göttin: eine Frau, umgeben von Licht, farblich hell gehalten, Blattgoldveredelung im oberen Bildbereich, sehr kunstvoll gearbeitet.

In der Art hatte er Dutzende Bilder beschrieben. Gerührt, dass er selbst während seiner Schatzsuche an sie gedacht hatte, blätterte sie weiter. Die letzten Seiten waren ein Vergleich der Bilder mit Zitaten aus den Schriftrollen:

Der Garten: Übereinstimmung mit einer Passage aus den Schriften von Aeneas. „Und wo meine Mutter war, da erblühten die Gärten, da war das Leben, denn keine ehrte die Liebe wie sie."

Die Schöne: zu offensichtlich. Wäre ich Aeneas, hätte ich das Antlitz meiner Mutter nicht dadurch beschmutzt, sie hinter einer anderen Frau zu verstecken.

Der Delfin: Übereinstimmung durch die Mythologie – die Venus, als

Göttin der Liebe, wird des Öfteren durch das Symbol des Delfins dargestellt. Leider zu offensichtlich, um unzählige Jahrhunderte unentdeckt zu bleiben.

Die Göttin: Übereinstimmung mit einer Passage aus den Schriften von Aeneas. „In Gold werde ich hüllen die einzig wahre Göttin, meine Mutter, meine Lieb." Sehr wahrscheinlich verbirgt sich hinter diesem Bild in Audreys Museum die wahre Venus. Aeneas muss gewusst haben, dass sich Blattgold leichter von dem darunter verborgenen Bildnis wieder würde ablösen lassen. Dennoch halte ich es für unwahrscheinlich, das ursprüngliche Bild wiederherzustellen. Die Gefahr der Beschädigung des Kunstwerkes wäre enorm.

Danielle ließ die Blätter sinken und sah Elisa an. Das war es. Sie hatten die *Venus* gefunden.

„Elisa, denkst du, ich könnte mir eure Kutsche borgen? Ich muss in dieses Museum. Vielleicht erfahre ich dort, wer der Mörder meines Mannes ist."

„Um Himmels willen, Danielle! Du kannst unmöglich allein dorthin. Warte doch, bis Lord Weston zurückkommt", schlug Elisa vor, die Mühe hatte, die Flut an neuen Informationen zu verarbeiten.

„Dann komm doch mit. Mir wäre wohler, wenn jemand bei mir ist, aber wer weiß, wie lange Devlin noch brauchen wird. Vielleicht ist das Museum dann schon geschlossen."

Elisa bekreuzigte sich und rannte zum Sekretär.

„Ich werde Colin eine Nachricht hinterlassen. Es wäre wirklich besser, wir würden auf einen der Männer warten."

„Unsinn. Es ist nur ein Museum. Was soll uns da schon passieren?"

Kapitel 10

udreys Museum war nicht ganz das, was Danielle erwartet hatte. Es war ein unscheinbares Haus am Stadtrand Londons, aber, als sie durch die Tür trat, schaffte der typische Museumsgeruch nach angestaubten, rostigen und leicht muffigen Kunstgegenständen es dennoch, ein passendes Ambiente für wertvolle Exponate zu schaffen. Schweigend gingen sie durch die Ausstellungsräume, und ihre Schritte hallten auf dem dunklen Marmor.

„Was erhoffst du dir hier zu finden?", flüsterte Elisa und sah sich um. Nur wenige weitere Besucher schlenderten durch die Räume und blieben hier und da, in die Betrachtung eines Werkes versunken, stehen.

„Ich weiß es nicht. Vielleicht klärt sich alles, wenn ich die *Venus* sehe. Sie ist schließlich der Grund für das alles", erklärte Danielle. „Vielleicht sollten wir uns aufteilen. Je schneller wir sie finden, umso eher wissen wir Bescheid", schlug Danielle vor.

Elisa, die sich nicht wohlfühlte, stimmte zu. Sie wollte so schnell es ging wieder nach Hause.

„Gut. Ich sehe mir diesen Raum an. Wonach soll ich suchen?"

„Das Gemälde trägt den Titel *Die Göttin*. Ich schaue mich hier um."

„Schön, dann lass uns sehen, dass wir fündig werden."

Danielle blickte Elisa nach, die eilig durch die Tür verschwand, ehe sie sich den Gemälden um sich herum widmete. Langsam und bedächtig studierte sie die Bilder. Sie hatte keine Ahnung von Kunst, aber dennoch konnte sie nicht umhin, einige Werke zu bewundern.

Als ihr Blick auf das nächste Gemälde fiel, musste sie schlucken. Ein wunderschöner Delfin in einem Meer aus türkisgrüner und azurblauer Farbe. Der Künstler hatte es geschafft, die Unterwasserwelt magisch leuchten zu lassen, und die Schönheit des Bildes verursachte Danielle eine Gänsehaut. Unbemerkt stahl sich eine Träne aus ihrem Augenwinkel.

Schuldgefühle übermannten sie, als sie an die Notiz ihres verstorbenen Mannes dachte. Er hatte recht behalten, dieses Bild gefiel ihr sehr. Dass Matt überlegt hatte, es für sie zu erwerben, war unglaublich. Hatte sie ihm am Ende vielleicht doch mehr bedeutet, als sie immer angenommen hatte? Er hatte bei ihrer Hochzeit keinen Hehl daraus gemacht, in erster Linie eine Mutter für Christopher zu brauchen. Aber trotz seiner Unfähigkeit, sie tatsächlich zu seiner Frau zu machen, musste er etwas für sie empfunden haben. Warum sonst hätte es ihn interessiert, dass sie Delfine liebte? Vielleicht hatte sie ihm unrecht getan.

Und sie war ein schlechter Mensch! Gab sich kein halbes Jahr nach Matthews Tod einem anderen hin, verliebte sich Hals über Kopf wie ein junges Mädchen in diesen erfahrenen Schwerenöter, obwohl sie eigentlich vor Gram gebeugt ihren Mann betrauern sollte.

Danielle wischte sich die Tränen aus dem Gesicht, als sie Schritte neben sich bemerkte.

„Lady Langston, sieh an. Ihr habt die *Venus* also tatsächlich gefunden", flüsterte die Stimme, um keine Aufmerksamkeit auf den kalten Stahl der Pistole zu lenken, die Danielle in den Rücken gepresst wurde.

Devlin starrte fassungslos auf den Brief in seinen Händen. Lord Bosworth ging aufgebracht im Salon auf und ab und sah immer wieder auf den ewig weitertickenden Zeiger der Uhr.

„Wie konntet Ihr die Damen in so ein gefährliches Unterfangen hineinziehen?", fragte Colin ungehalten. Die wenigen Minuten, seit er Elisas Nachricht entdeckt hatte, hatten ihn um Jahre altern lassen, und er fuhr sich immer wieder über die wenigen verbliebenen Haare.

Devlin hob abwehrend die Hände.

„Ich hatte doch von diesen Notizen keine Ahnung!", verteidigte er sich, obwohl die gleiche Sorge, die Colin aufbrachte, auch von ihm Besitz ergriffen hatte.

Mit wenigen Worten klärte Devlin seinen Freund über die ganze Sache auf.

„… und darum war ich heute Morgen in dem Bordell und habe Nachforschungen angestellt, aber entweder wissen die Mädchen dort nichts oder sie haben einen Grund zu schweigen. Selbst, als ich der Dirne Geld für Informationen bot, schwieg sie beharrlich. Dennoch war die Mühe nicht ganz umsonst, denn ich sah dort einen Mann wieder, den ich zuvor schon in Essex gesehen hatte. Ich fürchte, er steckt da mit drin."

Hysterisches Geschrei aus der Halle ließ die Männer aufspringen. Mit langen Schritten eilten sie dem Aufruhr entgegen, und Colin riss Elisa in seine Arme, als er sie heulend in der Halle vorfand.

„Elisa, Liebes? Fehlt dir etwas? Was ist denn los? Wo ist

Danielle? Wir fanden deine Nachricht ..."

„Oh, Colin!", sie presste sich in die sichere Umarmung ihres Mannes, und die Worte sprudelten nur so aus ihr heraus: „Wir waren im Museum. Danielle war sich sicher, die *Venus* gefunden zu haben, und hoffte, das Bild selbst könne ihr einen Hinweis auf Langstons Mörder liefern. Wir trennten uns, und, als ich schließlich *Die Göttin* gefunden hatte, lief ich zurück, um Danielle zu holen. Aber sie war nicht mehr da. Zuerst dachte ich, sie würde vielleicht einen weiteren Ausstellungsraum absuchen, aber auch da war sie nicht, also lief ich auf die Straße. Ich konnte gerade noch sehen, wie sie in Begleitung eines Mannes in eine Kutsche stieg und davonfuhr. Sie wäre doch niemals allein mitgegangen, ohne mich zu informieren. Zumindest nicht freiwillig. Himmel, ich habe solche Angst!"

Devlin spürte, wie alle Farbe aus seinem Gesicht wich , und ein völlig unbekanntes Gefühl der Verzweiflung packte ihn.

„Ich weiß, wer der Mann ist", ergänzte Elisa. „Aber das wird uns nicht helfen, weil wir nicht wissen, wo er sie hinbringt."

„Wer? Wer ist es?", rief Devlin.

„Danielle machte uns vor einigen Tagen miteinander bekannt. Sein Name ist Foster. Frank Foster. Sie sagte, er sei ein netter Herr aus Essex."

„Frank? Beschreibt ihn mir!", verlangte Devlin, und seine Angst lag ihm wie ein Stein im Magen.

„Er war recht unauffällig, trug einen Hut und hatte dunkelblondes, kurzes Haar."

„Das ist er. Ich glaube, ich weiß, wo er Danielle hinbringt. Alle Fäden laufen dort zusammen! Ich habe diesen Frank Foster heute schon gesehen. Und, wenn mich nicht alles täuscht, war er es auch, der in Danielles Haus eingebrochen ist. Er muss Langstons Notizen gesucht haben. Wenn er riskierte, Langston deswegen zu töten, dann wird er auch bei Danielle nicht zögern!"

Devlin eilte zur Tür.

„Weston, Ihr wollt doch wohl nicht allein gehen?", hielt ihn Lord Bosworth auf. „Elisa, lauf und hol meine Pistolen", befahl er.

„Wollt Ihr wirklich mitkommen? Ich vermute, Danielle wurde ins *Lulus* geschafft. Ihr ruiniert Euren Ruf, wenn man Euch dort sieht", gab Devlin zu bedenken.

„Das *Lulus*? Nun, ich bin nicht erpicht darauf, mich mit Lou Corbett anzulegen, aber was sein muss, muss sein. Ich komme mit."

„Lou Corbett? Was hat er damit zu tun?"

„Ihm gehört das *Lulus*. Der Mann ist ein Phantom. Jeder fürchtet Lou, weil keiner weiß, was er so genau macht, und nur die wenigsten haben ihn je zu Gesicht bekommen."

Devlin versuchte, die losen Fäden zusammenzufügen. War Lou Corbett auch der Experte, den Langston getroffen hatte? War er die fehlende Verbindung zu dessen Tod im Bordell?

Lulu zog erschrocken ihre Hand aus dem Hosenbund eines Gastes, als die Eingangstür aufgestoßen wurde, und Frank zusammen mit einer kreidebleichen Frau hereinkam. Ohne sich umzusehen, schob er die Frau direkt die Treppe hinauf.

„He, was soll das? Mach weiter!", fauchte der Kerl und grapschte nach Lulus Hand.

„Hör zu, Süßer", hauchte sie ihm einen Kuss auf die Lippen. „Du könntest mir einen Gefallen tun. Die blonde

Lulu hat heute Geburtstag, und sie hatte schon lange keinen so prachtvollen Schwanz wie deinen mehr. Warum zeigst du ihr nicht, was für ein Hengst du bist. Dafür besorg ich's dir an deinem Geburtstag umsonst", flötete sie und steckte ihm ihre Zunge ins Ohr.

„Umsonst?"

„Klar, Süßer, so oft und so lange, wie du willst."

Dann bedeutete sie der blonden Lulu, den Kerl zu übernehmen, und eilte mit einer Flasche Whisky und zwei Gläsern die Treppe hinauf. Im Gehen hörte sie noch: „Du hast Geburtstag? Dann blas mir doch die Kerze aus …"

„Geburtstag? Na, was immer du meinst, Süßer, was immer du meinst."

Es hatte einen Moment gedauert, ehe Danielle ihren Schock überwunden hatte, aber nun zwang sie sich, ihre Angst zu beherrschen und nach einem Ausweg zu suchen. Sie presste den Delfin an ihre Brust und stolperte unbeholfen die Treppe hinauf. Ein einziger Blick auf die zwei leichtbekleideten Damen hatte ausgereicht, um ihr klarzumachen, wo sie sich befand. War Matthew ebenfalls mit einer Pistole im Rücken diese Treppe hinaufdirigiert worden, oder war er freiwillig hierher gekommen? Nie im Leben hätte sie sich träumen lassen, dass Frank Foster, der immer so hilfsbereit gewesen war, vielleicht mit Matts Tod zutun hatte.

„Hier rein!", befahl er schroff und riss Danielle am Arm zurück, ehe er mit dem Stiefel die Tür auftrat und sie hineinstieß.

„Was soll denn das?"

Ein Mann, das Gesicht wie ein Boxer, verbogene Nase, wulstige Augenbrauen, Stiernacken, donnerte seine Faust auf den Schreibtisch und sprang auf.

Mit wenigen Schritten hatte er den Raum durchquert, Frank am Kragen hereingezogen und die Tür zugeknallt.

Danielle zuckte zusammen, als er weiterschimpfte. Seine Stimme ging ihr durch Mark und Bein.

„Bist du von allen guten Geistern verlassen, Frank? Was schleppst du mir hier ein Weib an?"

Frank riss sich los und strich sich die Haare über den Kopf zurück.

„Du wolltest Hinweise, Lou? Ich hab dir die Antwort auf alle deine Fragen gebracht! Und noch dazu …", er riss Danielle das Bild aus der Hand, „… die *Venus von Lavinium*!"

Der Mann namens Lou trat neugierig näher. Seine Wut war verraucht und durch blanke Gier ersetzt, als er seine Hand nach dem Bild ausstreckte. Frank stand mit stolzgeschwellter Brust da und grinste überlegen.

„Woher willst du wissen, dass sich die *Venus* dahinter verbirgt?", fragte Lou und strich über die Farbe.

„Ich weiß es nicht, aber Lady Langston wusste es. Ich bin ihr gefolgt und war zugegebenermaßen erstaunt, als sie geradewegs zu Audreys Museum fuhr. Sie schien genau zu wissen, wonach sie suchte. Dieses Bild hat sie zu Tränen gerührt", berichtete Frank.

Lou kam näher, inspizierte sie, als sei sie eines der fragwürdigen Exponate aus dem Museum, und nahm schließlich Frank die Waffe ab, nur um sie selbst auf Danielles Brust zu richten.

„Lady Langston, soso. Euer Mann hat mir schon viel von Euch erzählt. Eine Schande, dass er uns so früh verlassen musste, wo er doch bei bester Gesundheit schien, nicht wahr? Sagt mir, ist dies die *Venus*?"

Danielles Hände schwitzten, und so fieberhaft sie auch überlegte, sie saß in der Falle. Es bestand kein Zweifel, dass sie sich Matts Mörder gegenübersah. Was wollte er von ihr? Würde er sie töten, wenn er glaubte, das Bildnis gefunden zu haben? Sollte sie ihn in dem Glauben lassen, die *Venus* in Händen zu halten, oder sollte sie ihm die Wahrheit sagen? Sie wusste keine Antwort auf ihre Fragen, daher schwieg sie, was ein Fehler war, denn Lou holte aus und schlug ihr ins Gesicht.

Danielle stolperte gegen Franks Brust. Er stieß sie zurück zu Lou, der ihr den Arm auf den Rücken drehte und ihr die Pistole an die Schläfe drückte.

„Mach dein Maul auf, du Schlampe! Woher weißt du, dass es dieses Bild ist?"

Die Tür wurde geöffnet, und eine rothaarige Dirne kam herein. Dies verschaffte Danielle eine Atempause, denn Lou stieß sie zurück zu Frank und packte stattdessen die Rothaarige.

„Was hast du hier verloren? Verschwinde, oder ich …"

Sie hob ihm die Whiskyflasche vors Gesicht und wand sich aus seinem Griff. Der hauchzarte Stoff ihres Gewandes klaffte auf und enthüllte mehr, als er bedeckte.

„Man hört euch bis hinunter. Ich dachte, ein Schluck, um die Nerven zu beruhigen, kann nicht schaden."

Sie schenkte die Gläser voll und drückte sie den Männern in die Hand. Danielle war schockiert, wie ungeniert die Frau sich trotz ihrer Nacktheit bewegte, auch wenn sie froh war, dass der Whisky die Situation tatsächlich entspannte. Die Rothaarige setzte sich mit gespreizten Beinen auf die Schreibtischkante und betrachtete das Bild mit dem Delfin, welches sie Lou im Tausch für den Whisky aus der Hand genommen hatte.

Danielle bemerkte den hypnotisierten Blick, mit dem Frank an dem seidigen roten Dreieck zwischen den Schenkeln der Frau hing. Sein Griff um ihren Arm lockerte sich, als er das Whiskyglas leerte, trotzdem hatte sich ihre Situation nicht wirklich verbessert. Lou hielt noch immer die Pistole auf sie gerichtet.

„Also, Weib, ist dieser Fisch da die *Venus*, oder nicht?"

„Es ist ein Delfin", versuchte Danielle, Zeit zu schinden. Sie war zu der Überzeugung gelangt, dass, was immer sie Lou auch sagen würde, er sie letztendlich nicht am Leben lassen würde.

„Mir scheißegal!", spie er ihr entgegen und kippte seinen Whisky hinunter.

Danielle richtete sich zu ihrer vollen Größe auf.

„Es ist aber nicht egal! Ihr würdet die *Venus* darunter noch nicht einmal erkennen, wenn sie nackt vor Euch stünde!"

Die Hure kicherte, und Lou baute sich bedrohlich vor Danielle auf. Sie beeilte sich weiterzusprechen.

„In der Mythologie ist der Delfin ein Symbol, welches immer wieder mit der *Venus* in Zusammenhang gebracht wird. Wusstet Ihr das nicht?"

Franks plötzliches Keuchen zog alle Blicke auf sich. Er war ganz blass geworden, die Lippen blau verfärbt, als er sich an die Brust griff.

„Was ist hier los?", fragte Lou und zerrte Danielle beiseite, woraufhin Frank röchelnd zu Boden ging.

„Was hast du mit ihm gemacht?", fragte Lou und wieder landete seine Hand schallend in Danielles Gesicht. Diesmal war niemand da, der sie auffing, und sie schlug hart gegen die Wand.

„Nichts, ich …", stammelte Danielle. Sie schmeckte Blut in ihrem Mund, und ihr Kopf hämmerte, als Lou sich gefährlich über ihr aufbaute.

„Miststück!", fauchte er und riss sie an den Haaren nach oben.

Devlin kam es vor, als dauerte die Kutschfahrt zum *Lulus* eine Ewigkeit. Immer wieder kontrollierte er die Waffe und überlegte, was er tun würde, sollte er Danielle nicht finden.

Ihr durfte nichts geschehen! Er würde jeden töten, der Danielle auch nur ein Haar krümmte, schwor er bei sich und wusste zugleich, dass er selbst nicht mehr würde leben wollen, wenn ihr etwas passierte. In der kurzen Zeit, seit er sie kannte, hatte sie seine Welt verändert. Er, der immer gelangweilt gewesen war von all den tristen Vergnügungen, die ihm sein angeborener Titel einbrachte, der die schönsten Frauen Londons in seinem Bett gehabt hatte, der weder auf Wein noch Weib je hatte verzichten müssen, stellte nun fest, dass es etwas gab, was ihn vollkommen machte. Etwas, das ihm sein ganzes Leben lang gefehlt hatte. Einen Menschen, der nicht nur sein Begehren weckte, nicht nur seine Leidenschaft entfachte, sondern der auch seine Träume erfüllte, seine Gedanken beherrschte und tatsächlich auch sein Herz erwärmte.

Es musste wohl daran liegen, dass er der *Venus* so nahe war, denn es fühlte sich an, als hätte er sich verliebt.

Danielle schrie vor Schmerzen, und sie trat mit aller Kraft nach dem Kerl, aber der Lauf seiner Waffe, den er ihr mit eisigem Blick auf die Brust setzte, ließ sie erstarren. Sie zitterte, und, hätte nicht sein unbarmherziger Griff sie gestützt, sie hätte sich nicht auf den Beinen halten können.

Plötzlich wankte Lou und riss Danielle mit sich zu Boden. Lulu, die bis dahin beinahe gelangweilt zugesehen hatte, sprang vom Tisch und half Lou auf die Beine. Dabei entwand sie ihm die Pistole.

„Lou!", rief sie und reichte ihm sein Glas. „Hier, trink noch einen Schluck! Was ist denn los?" Sie hielt ihm das Glas an die Lippen und flößte ihm die goldene Flüssigkeit ein.

Seine Augen traten hervor, Speichel lief ihm aus dem Mund, und seine Haut wurde wächsern, als er schließlich vornüberkippte.

Die Hure erhob sich und sah auf ihren Zuhälter hinunter.

„Lou?", fragte sie und stieß ihn mit der Schuhspitze an. „Lou, krepierst du?"

Als seine Beine schließlich aufhörten zu zappeln, zuckte sie die Schultern und raffte sich den Stoff über der Brust zusammen. Die Pistole lag ruhig in ihrer Hand, als sie Danielle aufhalf.

Danielle machte nicht den Fehler, anzunehmen, die Gefahr für sie sei nun geringer.

Kapitel 11

Tut mir leid mit deinem Mann. Ich wollte ihn nicht töten, aber er war ein Dummkopf", plauderte die Rothaarige drauflos, als sähe sie nicht, dass die Leichen zweier Männer am Boden zu ihren Füßen lagen.

Danielle wich an die Wand zurück. Die Frau erwartete offenbar keine Antwort von ihr, denn sie setzte sich wie zuvor auf die Tischkante, nur dass sie dieses Mal ihren Körper bedeckte. Sie nahm das Gemälde in die Hand, als wöge sie es ab.

„Es ist eigentlich kein Leben wert", gestand sie, „aber andererseits ist es vielleicht das Einzige, was *mein* Leben retten kann."

Sie legte es beiseite und sah Danielle an.

„Das Gift. Ich habe es für mich selbst besorgt. Ich wollte nicht länger Lulu sein. Dieser Drecksack …", sie spuckte auf Lou, „… nimmt uns nicht nur unseren Willen und unseren Körper. Nein, er nimmt uns sogar unseren Namen. Als wären wir nichts! Sein Spielzeug, seine Ware!"

Danielle gab es auf, sich auf den Beinen halten zu wollen. Ihr Kopf schmerzte furchtbar, und ihr ganzer Leib zitterte. Sie ließ sich mit dem Rücken an der Wand hinabrutschen und zog die Knie an.

„Wie heißt du wirklich?", fragte sie die Rothaarige.

„Ines", antwortete sie und verneigte sich leicht. „Weißt

du, dass dein Mann der Einzige war, der mir jemals diese Frage gestellt hat?"

Verlegen schüttelte Danielle den Kopf. Sie wollte wirklich nicht mit einer Prostituierten über Matthew sprechen, aber sie musste Zeit schinden.

„Warum hast du ihn dann umgebracht?"

Die Rothaarige überlegte. Sie nahm die Whiskyflasche und setzte sie an die Lippen. Danielle riss die Augen auf, und Ines lachte, als sie ihren erschrockenen Blick bemerkte.

„Das Gift war in den Gläsern", erklärte sie und nahm einen weiteren Schluck.

„Weißt du, ich wollte nicht mehr leben, hatte mir schon das Gift besorgt, aber dann fehlte mir der Mut, es zu Ende zu bringen. Am nächsten Tag sah ich den Wissenschaftler zum ersten Mal. Er war richtig süß, wie er so eingeschüchtert und verängstigt unten in der Bar saß. Ich dachte, ich mach schnelles Geld mit ihm, also sprach ich ihn an. Er war aber nicht wegen uns Mädchen hier, sondern, weil er zu Lou wollte. Er war so aufgeregt, dass er mir alles erzählte. Er sprach von dem Bild und wie wertvoll es sei. Er erzählte, dass Lou und er gemeinsam versuchten, das Bild zu finden. Lou hatte wohl das richtige Museum ausfindig gemacht, und dein Mann sollte nun das richtige Gemälde finden." Sie warf einen Blick auf das Bild mit dem Delfin, ehe sie weitersprach. „Aber Lou traute Langston nicht, also bezahlte er Frank und den Dicken dafür, ihn im Auge zu behalten. Als dein Mann dann einige Wochen später wieder hier auftauchte, sah ich schon an seinem Blick, dass er die *Venus* gefunden hatte. Er war furchtbar nervös. Lou war nicht da. Da erkannte ich meine Chance. Ich bat ihn nach oben und sagte, er könne dort auf den Chef warten. Ich dachte, ich könnte ihm die Wahrheit entlocken, wenn ich ihn ranlasse, aber er war nicht interessiert." Ines warf ihr Haar zurück, und Danielle erkannte, dass der Hure dies nicht oft passiert war. „Er sagte, ich solle mich wieder anziehen, denn da die *Venus* ihn nicht von seinem Leiden befreien würde, könnte er mit der schönsten Frau nichts anfangen. Ich fragte ihn, warum ihm die *Venus* nicht helfen könne. Er sagte, er habe beschlossen, das Geheimnis um die *Venus* nicht zu offenbaren, aus Sorge, sie könne bei dem Versuch, sie freizulegen, zerstört werden. Darum sei er hier. Er wollte Lou sagen, dass er es sich anders überlegt hatte."

Danielle schüttelte den Kopf. Das war typisch für Matthew. Selbst wenn das Gemälde ihm seine Manneskraft hätte zurückgeben können, so hatte er dennoch im Sinne der Wissenschaft darauf verzichtet. Eigentlich bewunderte sie ihn dafür, dass er sich sein ganzes Leben so treu geblieben war.

Ines stand auf und griff nach dem Gemälde. Mit echtem Bedauern in der Stimme zuckte sie die Schultern.

„Ich will das Bild verhökern und mir ein schönes Leben machen. Darum wollte ich ihm klarmachen, was ihm entging, weil ich hoffte, er würde mir doch noch etwas sagen, aber der Dummkopf schwieg." Ines schüttelte den Kopf. „Ich wollte ihn nicht umbringen, sondern nur betäuben, damit ich seine Taschen durchsuchen konnte. Ich muss zu viel in seinen Drink gegeben haben, denn im nächsten Moment kippte er tot um. Lou habe ich gesagt, er hätte sich zu sehr ereifert. Er war richtig sauer und befahl Frank, Langstons Notizen zu besorgen. Und, obwohl ich Frank für einen Versager hielt, halte ich nun tatsächlich das Bild in Händen."

Sie bedeutete Danielle aufzustehen.

„So leid es mir tut, es wird langsam Zeit, *Lebewohl* zu sagen", erklärte sie und hob die Waffe.

Danielle kämpfte sich vom Boden hoch. Obwohl sie ein ganzes Stück größer war als die Hure, saß sie in der Falle. Der Lauf der Waffe war direkt auf ihr Herz gerichtet.

„Und nun? Tötest du mich?", fragte sie gerade heraus, innerlich bereit, sich auf die Rothaarige zu stürzen und um ihr Leben zu kämpfen.

Die Hure trat an die Tür, als lautes Geschrei aus der Bar nach oben drang. Die Hand an der Waffe zuckte.

Kapitel 12

Windham Mannor, einige Tage später

anielle öffnete die Augen. Die winterliche Mittagssonne schien ihr ins Gesicht, und sie streckte sich genüsslich.

„Lady Danielle, seid Ihr erwacht?", fragte eine tiefe, melodische Stimme hinter ihr, und sie wandte sich erschrocken um.

„Dean! Ihr habt mich ja erschreckt. Ich muss wohl eingeschlafen sein."

Devlins Bruder legte lächelnd sein Buch beiseite und strich sich durch sein kurzes, schwarzes Haar.

„Nach den letzten Tagen steht Euch etwas Erholung zu", versicherte er ihr.

Danielle setzte sich auf und strich sich die Falten aus dem Kleid.

„Und wie lange müsst Ihr noch jede meiner Bewegungen überwachen? Denkt Ihr nicht, dies ist ein wenig übertrieben?"

Dean zuckte die Schultern.

„Möglich, aber, da Dev mir den Kopf abreißt, wenn ich Euch aus den Augen lasse, gewähre ich ihm seinen Willen. Und zugegeben, ich war schon in schlechterer Gesellschaft als der Euren." Sein Augenzwinkern war ebenso charmant wie das seines älteren Bruders, und sein schelmisches Grinsen würde es ihm einfach machen, jedes Frauenherz zu erobern.

„Da Ihr gerade von Devlin sprecht – wo ist er?"

Danielle ging zum Fenster und sah hinaus in die verschneite Landschaft. Morgen war Weihnachten, und sie war in melancholischer Stimmung. Sie hatte in den letzten zehn Jahren immer mit Matthew und Christopher zusammen das Fest der Liebe gefeiert, und die beiden fehlten ihr. Sie hatte sich im Geiste mit Matt versöhnt, nach dem, was sie alles von Ines erfahren hatte.

Auf seine Art hatte er sie geliebt, daran glaubte sie inzwischen. Das war tröstlich, aber nicht mehr wichtig. Viel wichtiger war ihr Verhältnis zu Devlin. Seit er sie aus dem Bordell geholt hatte, war er ihr kaum noch von der Seite gewichen. So, als habe er ein Recht darauf, hatte er sie, anstatt sie zurück in das Haus der Bosworths zu bringen, in sein Stadthaus gebracht. Wenn Colin und Elisa dies ungehörig oder unschicklich gefunden hatten, so hatten sie es sich nicht anmerken lassen. Als sei es das Natürlichste auf der Welt war er in den Nächten bei ihr geblieben, hatte sie mit einer Zärtlichkeit und Hingabe geliebt, die Danielle zu Tränen rührte, und oft, wenn sie nachts aus dem Schlaf schreckte, lag er da und beobachtete sie.

In all den Tagen hatte er sie nur verlassen, um alles zu regeln. Er hatte, ohne zu zögern, Mister Audrey eine ordentliche Summe für das entwendete Gemälde bezahlt, und dem Dicken, den er bei seiner Ankunft wartend vor dem Bordell vorfand, vorgeschlagen, ihn nicht wegen des Einbruchs in Danielles Haus der Polizei zu übergeben, wenn er die Leichen verschwinden lassen und dann England verlassen würde.

Als dies alles erledigt war, hatte er Danielle in eine Kutsche verfrachtet und sie in sein Haus aufs Land gebracht.

Heute hatte sie Devlin aber noch nicht zu Gesicht

bekommen, und Deans verschwiegenes Grinsen machte sie unruhig.

„Keine Sorge, Lady Danielle. Er ist bestimmt bald zurück", versuchte er, sie aufzumuntern, als sich die Tür hinter ihnen öffnete und Devlin mit Schneematsch an den Stiefeln hereinkam.

„Danielle, Liebes, wie geht es Euch heute?", kam er zu ihr und sah sich den Bluterguss an ihrer Wange an. Er war kaum noch zu sehen, und auch die Kopfschmerzen ließen allmählich nach.

„Wo wart Ihr denn?", fragte Danielle.

„Morgen ist Weihnachten, und ich wollte Euch glücklich sehen, darum habe ich eine Überraschung für Euch", erklärte er. „Ihr könnt reinkommen!", rief er und lachte, als er Danielles strahlendes Gesicht sah.

Elisa fiel ihr freudig in die Arme, und auch Colin umarmte Danielle voll Herzlichkeit. Hinter ihm kam ein weiterer Gast in den Raum, und Danielle schlug sich die Hand vor den Mund. Tränen stiegen ihr in die Augen, als sie Christopher bemerkte.

„Himmel, Christopher, was tust du hier?", fragte sie, als sie ihn innig umarmte.

„Ich wollte Euch überraschen, Mutter. Aber, als mir Sally berichtete, was in meiner Abwesenheit alles geschehen ist, kam ich direkt nach London, um Euch zu sehen. Lord Weston war so freundlich, mich ebenfalls einzuladen."

Danielle küsste die Wange ihres Ziehsohnes, den sie liebte wie ein eigenes Kind.

„Es ist schön, dich zu sehen. Du hast mir schrecklich gefehlt."

„Ihr mir auch, Mutter."

Devlin trat zu den beiden und legte Danielle den Arm um die Schultern.

„Freut Ihr Euch, meine Liebe?"

Der Glanz in ihren Augen und ihr strahlendes Lächeln entschädigten ihn für die Mühe, im Tiefschnee bis nach London gefahren zu sein.

Seit er sie im Bordell gefunden hatte, verängstigt und verwundet, wusste er, er würde noch sehr viel mehr für sie tun. Er bedauerte sehr, dass ihm die rote Lulu ganz knapp entkommen war, denn, auch wenn Danielle sagte, die Dirne sei im Grunde genommen kein böser Mensch gewesen, war sie doch eine Mörderin. Als er in das Bordell gestürmt war, hatte sie Danielle mit der Waffe niedergeschlagen und war über die Hintertreppe geflohen.

Aber dies alles würden sie nun hinter sich lassen. Er zog Danielle in seine Arme und drehte sich mit ihr im Kreis, während er sie zufrieden küsste.

Elisa jubelte, Dean lachte, und selbst Colin und Christopher konnten sich ein Grinsen nicht verkneifen.

Etwas atemlos schlug Danielle Devlin schließlich auf die Finger.

„Mylord!", rief sie verlegen, da sie sich ihres Publikums nur allzu bewusst war.

„Danielle, meine Liebe", schüttelte Devlin den Kopf und zog ihr eine Haarnadel aus den kunstvoll arrangierten Locken. „Inzwischen müsstet Ihr doch wissen, dass ich mich nicht an die Regeln des Anstandes halte. Ihr seid in meinem Haus, in meinem Herzen, und ich habe nicht vor, weitere Jahre zu vergeuden. Hätte ich damals mein Verlangen nach Euch richtig zu deuten gewusst, wäret Ihr schon lange die Meine."

Damit küsste er sie wieder, und unter dem Applaus der anderen hob er sie hoch und trug sie die Treppe hinauf.

„Devlin Weston!", empörte sich Danielle. „Um Himmels willen, was sollen nur die Gäste denken?"

Devlin zwinkerte verschwörerisch.

„Ich nehme an, sie werden denken, dass ich dir nun zeige, wie groß schon damals mein Verlangen nach dir war."

„Es ist mitten am Tag!", rief sie schockiert, wenn auch mit einem erregenden Kribbeln in ihrem Unterleib.

Sie hatten sein Gemach erreicht, und Devlin setzte sich, ohne Danielle freizugeben, auf sein Bett, sodass sie rittlings auf ihm saß. Mit geschickten Fingern öffnete er die Schnürung ihres Korsetts und schob ihr das Kleid bis auf die Hüften. Trotz ihrer Empörung konnte sie ihre eigene Erregung nicht leugnen. Seine Küsse brachten ihren Widerstand zum Schmelzen, und seine Hände, die ihre Brust umfassten, rissen sämtliche Mauern des Zweifels ein.

Begierig, ihm ebensolche Lust zu bereiten, zog sie ihm das Hemd aus und genoss das Spiel seiner Muskeln unter ihren Fingern.

Seine Hand wanderte unter ihren Rock, und Danielle keuchte, als er das Zentrum ihrer Lust fand. Seine Finger umkreisten ihre Knospe und reizten sie, bis sie dachte, sie müsse bersten vor Verlangen. Sie hing kraftlos an seinen Schultern, flehte nach Erlösung und wünschte nichts sehnlicher, als dass er sie mit seiner Härte ausfüllte.

Als sie schon glaubte, vor Lust zu sterben, öffnete er seine Hose und erfüllte ihr diesen Wunsch. Sie warf den Kopf in den Nacken und kreiste ihre Hüften, nahm ihn tief in sich auf und drängte sich jedem seiner Stöße entgegen.

Gemeinsam strebten sie dem Gipfel entgegen und fanden Erfüllung in den Armen des anderen. Als existiere nichts außer ihrem vermischten Atem, dem Schweiß auf ihrer Haut und ihren ineinander verschlungenen Körpern, sanken sie aufs Bett und hielten sich fest, bis der Nachmittag in den Abend und dieser in die Nacht überging.

Am nächsten Morgen versammelten sich alle im Salon und tranken Eierpunsch zu leckeren Keksen. Es wurde viel gelacht, und Dean, der einen Mistelzweig über der Tür aufgehängt hatte, ließ es sich nicht nehmen, sowohl Danielle als auch Elisa und jedes einzelne Hausmädchen zu küssen, wann immer er sie darunter erwischte.

Gerade, als sich Danielle aus einem solchen scheuen Kuss befreite, kam Devlin mit einem großen Päckchen unter dem Arm herein.

„Dean, wenn du noch einmal dein Mundwerk in die Nähe meiner Lady bringst, dann fordere ich dich, und die kleine Rose wird deinen Platz in der Erbfolge einnehmen", drohte er dem Jüngeren.

Dieser lachte und sah, genau wie alle anderen, neugierig auf das in grünes Seidenpapier eingeschlagene Päckchen.

Devlin zog Danielle mit sich auf das Sofa, ehe er ihr das Paket aushändigte. Auch die anderen kamen näher.

„Mylady, mein Weihnachtsgeschenk."

Danielle errötete.

„Aber ich habe nichts für Euch", gestand sie unglücklich.

Devlin küsste sie auf den Scheitel und zog an der großen Schleife, sodass das Satinband zu Boden glitt.

„Wenn wir recht haben, haltet Ihr das größte Geschenk, welches ich bekommen könnte, jetzt in den Händen. Na los, öffnet es", bat er und küsste ihre Hände.

Vorsichtig schlug Danielle das Papier beiseite und hob den Deckel der Schachtel an. Auf einem Kissen lag ein Gemälde. Der verschnörkelte Goldrahmen passte perfekt zu den Blattgoldarbeiten, welche die glänzenden Strahlen über der Göttin veredelten.

„Die *Venus von Lavinium*", hauchte sie ehrfurchtsvoll.

Dean trat näher und strich über die Farbe.

„Nur werden wir das nie beweisen können, ohne zu

riskieren, die eigentliche *Venus* darunter zu zerstören", gab er zu bedenken.

Lächelnd nahm Devlin Danielle das Bild ab und lehnte es auf einem Sideboard an die Wand.

„Wir sollten es hierher hängen", schlug er vor und suchte in ihren Augen nach Zustimmung.

„Du willst es nicht untersuchen? Versuchen, die obere Schicht abzutragen?", fragte sie.

Devlin schüttelte den Kopf.

„Nein. Langston hatte recht. Das Risiko ist zu groß."

Er kam zu Danielle, kniete sich vor ihr auf den Boden und fasste ihre Hände. „Und es ist unnötig. Ich weiß, dass es die echte *Venus* ist", sagte er und sah ihr tief in die Augen.

„Woher willst du das wissen?"

„Ich weiß es, weil sie mir die Liebe geschenkt hat. Dieses Gefühl, welches mein Herz zerspringen lässt, wenn mich dein Haar streift, welches mich vor Glück lachen lässt, nur weil ich dich ansehe – das muss Liebe sein."

Danielle sah das Bildnis der Göttin an. Dann den Mann, der alles für sie war: Vergangenheit, Gegenwart und Zukunft. Mit der Wehmut, zwar die letzten zehn Jahre verloren zu haben, obwohl sie ihn in all der Zeit geliebt hatte, warf sie sich ihm in die Arme, um das Glück für den Rest ihres Lebens nicht mehr loszulassen.

Kapitel 13

London, zwei Jahre später

„Was für ein Durcheinander!", rief Mister Audrey und watete durch das knietiefe Wasser in seinem Lagerkeller. Die Themse war nach einem besonders heftigen Unwetter über die Ufer getreten und hatte schließlich seinen Keller überflutet. Er fischte einzelne Kisten und Schachteln heraus und schaffte sie nach oben. Viel war hier nicht mehr zu retten. Zum Glück bewahrte er hier nur die Sachen auf, die er für wertlos erachtete und einige auffällig schlechte Fälschungen, die er ohnehin niemandem als Originale hätte verkaufen können. Trotzdem war es ärgerlich, dass er nun alles wieder trockenlegen musste. Wie farbige Flöße trieben einige der gefälschten Gemälde auf dem Wasser, und Audrey fischte sie heraus.

An das Bild eines Gartens, welches er gerade herauszog, erinnerte er sich gar nicht mehr. Oder vielleicht erkannte er es auch nur nicht, weil die grünliche Farbe bereits dabei war zu verwischen. Er sah auf seine beschmierten Finger, ehe er das Bild zurück ins Wasser warf.

Das ist nicht mehr zu retten, dachte er und fischte weiter die Dinge heraus, die es seiner Meinung nach eher wert waren, gerettet zu werden. Dabei entging ihm der lächelnde Frauenmund, welcher unter der verwaschenen oberen Schicht aufgedeckt wurde, ehe auch er der Feuchtigkeit zum Opfer fiel. Immer mehr Farbe wurde hinfort gewaschen, und schließlich verschlang das Wasser die *Venus von Lavinium* für immer, so wie sie einst aus ihm emporgestiegen war.

Für all diejenigen, die nach Liebe suchten, war der Verlust zu verschmerzen, denn diese verbarg sich allein in den Herzen der Menschen.

Emily Bold lebt mit ihrer Familie in einem idyllischen Ort in Bayern mit Blick auf Wald und Wiesen – äußerst ruhig und inspirierend. Sie schreibt Liebesromane, Paranormal-Romance und Jugendbücher.

Foto: Guido Karp für p41d.com

„Gefährliche Intrigen", ihr erster historischer Liebesroman, erschien im Mai 2011 bei Amazon als E-Book und landete prompt unter den Top-20 Bestsellern dieses Jahres in der Kategorie Romane. Mittlerweile sind viele weitere Bücher und Novellen erschienen.

Ihre Schottland-Trilogie „The Curse" wird in den USA und Großbritannien in englischer Sprache verlegt. Nach Band 1 „The Curse – Touch of Eternity" ist seit Januar 2014 bereits der zweite Band „The Curse – Breath of Yesterday" erhältlich.

„Ein Kuss in den Highlands" ist nach „Klang der Gezeiten" Emilys zweiter zeitgenössischer Liebesroman.

Emily freut sich über Post von ihren Lesern – schreiben Sie ihr: kontakt@emilybold.de oder besuchen Sie Emily im Web: emilybold.de und thecurse.de. Werden Sie Fan bei Facebook: facebook.com/emilybold.de

The Curse – Vanoras Fluch
Band 1 der *The Curse* **- Trilogie**

Die Außenseiterin Samantha findet im Nachlass ihrer Großmutter ein altes Amulett. Wenig später führt ein Schüleraustausch die Siebzehnjährige nach Schottland.
Kaum bei ihrer Gastfamilie angekommen, wird sie bereits von den Sagen und Mythen des Landes in den Bann gezogen. Als sie dann auch noch den attraktiven Schotten Payton kennenlernt, gerät ihre Welt vollends aus der Bahn. Der mysteriöse Highlander erobert Sams Herz im Sturm. Im Strudel der Gefühle bemerkt sie nicht, in welcher Gefahr sie schwebt, denn was sie nicht ahnt: Paytons Vergangenheit birgt ein dunkles Geheimnis. Ein Geheimnis, das die Schicksale ihrer beider Familien seit Jahrhunderten untrennbar miteinander verbindet und welches nun auch Sam in Lebensgefahr bringt …

The Curse – Im Schatten der Schwestern
Band 2 der *The Curse* **- Trilogie**

Nachdem Vanoras Fluch gebrochen war, schien dem Glück der beiden nun nichts mehr im Wege zu stehen. Doch dann offenbart ihnen Paytons Bruder Sean eine bittere Wahrheit.
Es ist noch nicht vorbei. Diesmal liegt Paytons Schicksal allein in Samanthas Händen. Wird es ihnen gelingen, das Geheimnis der fünf Schwestern zu lösen? Die Reise ins Unbekannte führt Samantha dorthin zurück, wo alles begann – und zurück in die Arme des Schotten, der ihr Herz durch alle Zeit in seinen Händen hält …

The Curse – Das Vermächtnis
Band 3 der *The Curse* **- Trilogie**

Sam gewinnt den Wettlauf gegen die Zeit und kann in die Arme des Schotten zurückkehren, der ihr Herz durch alle Zeit in seinen Händen hält.
Doch welche Schuld lädt sie dabei auf sich? Und wie hoch ist der Preis für ihr egoistisches Streben nach Glück? Diese Fragen zerreißen Sam, als ihrer Liebe zu Payton eigentlich nichts mehr im Weg stehen dürfte.
Als dann alte Feinde aus dem Schatten der Vergangenheit treten, scheint am Ende das Böse den Sieg davonzutragen …

Ein Kuss in den Highlands

Charlotte hat alles, was sich eine Frau erträumt. Einen Job, den sie liebt, einen erfolgreichen Mann an ihrer Seite, und - zu ihrer größten Überraschung - die begehrenswerteste Hochzeitslocation Londons.

Doch mitten in den hektischen Hochzeitsvorbereitungen sorgt eine unerwartete Erbschaft für Turbulenzen, denn das Haus in den schottischen Highlands weckt ungeahnte Sehnsüchte. Und dann ist da noch Matt, der keine Gelegenheit auslässt, sie aus der Fassung zu bringen. „Finde dich selbst" fordert der Schotte von ihr. Aber was weiß der schon?

Klang der Gezeiten

Wie leicht einem das große Glück durch die Finger rinnen kann, muss Piper erkennen, als Daniel, der Mann ihrer Träume und Vater ihres ungeborenen Kindes, bei Arbeiten in ihrem Traumhaus am Strand stirbt. Pipers Welt bricht zusammen und all ihre Träume und Hoffnungen werden unter dem Schmerz des Verlustes begraben. Um Daniel nahe zu sein, beschließt sie gegen den Rat von Freunden und Familie in das unvollendete Haus einzuziehen. In dieser schwierigen Situation ist ihr Daniels bester Freund Kevin eine große Stütze. Doch gerade jetzt fällt es ihr schwer, mit den tiefen Gefühlen umzugehen, die Kevin für sie entwickelt.

Im Trost der Wellen versucht Piper ihre Wunden zu schließen und ihren Weg zurück ins Leben zu finden.

Gefährliche Intrigen

Logan Torrington findet mitten im Wald die junge, verwundete Emma Pears, die auf der Reise zu ihrem Onkel hinterhältig überfallen wurde. Nach einer leidenschaftlichen Liebesnacht bringt Logan die außergewöhnliche Frau in Sicherheit. Bald jedoch muss er entdecken, dass seine "Elfe", wie er Emma fortan liebevoll nennt, nicht nur sein Herz gefangen hat, sondern immer noch in allergrößter Gefahr schwebt ...

Mitternachtsfalke - Auf den Schwingen der Liebe

Drew Warring staunt nicht schlecht, als ihm bei der Jagd nach dem Mitternachtsfalken statt des Schmugglers die junge und widerspenstige Julia in die Hände fällt. Doch er ist nicht der Einzige, der hinter dem Falken her ist; auch Julias Verlobter Gregory kann das ausgesetzte Kopfgeld gut gebrauchen. Inmitten dieser Jagd entfacht Drew in Julias Herz ein unbändiges Feuer. Aber unter dem Verdacht, selbst der Mitternachtsfalke zu sein, sieht es nicht so aus, als könne er dieses gefährliche Spiel gewinnen…

Blacksoul - In den Armen des Piraten

Adam Reed, der berüchtigte Captain Blacksoul, sinnt nur auf eines: Rache an dem Mann zu nehmen, der ihn einst an Leib und Seele gezeichnet hat. Getrieben davon durchkreuzt er auf der Suche nach Vergeltung die Meere.

Als Josephine Legrand in Blacksouls Hände fällt, verspürt sie nichts als Angst. Doch der unnahbare Pirat stürzt seine Gefangene schon bald in ein Meer der Gefühle, denn trotz ihrer Furcht weckt er eine Sehnsucht in ihr, die sie den Kampf um sein Herz aufnehmen lässt. Wird es der Französin im Sog aus Leidenschaft und Verlangen gelingen, die Ketten um Blacksouls Herz zu sprengen und ihn die Schrecken der Vergangenheit vergessen zu lassen?

Wird sie die Liebe finden – *in den Armen des Piraten?*

Vergessene Küsse
Band 1 der Windham - Reihe

Die Suche nach dem sagenumwobenen Gemälde, der „Venus von Lavinium", führt Devlin Weston, den Earl of Windham, nach Essex und zu Danielle Langston. Der Anblick der attraktiven Witwe weckt die Erinnerung an längst vergessene Küsse und entfacht nie gekannte Gefühle.

Doch Devlins Jagd nach der „Venus" entwickelt sich für Danielle zur tödlichen Gefahr …

Verborgene Tränen
Band 2 der Windham - Reihe

Dean Weston, der zur Ehe mit Amelie Shawe gezwungen wird, empfindet nur Wut und Verachtung für seine ungewollte Braut, die ihn mit einem hinterhältigen Trick in die Falle gelockt hat. Doch mit dem Verlangen nach seiner jungen Frau wächst auch sein Misstrauen, und schon bald bohrt sich der Stachel der Eifersucht tief in Deans Fleisch. Als Amelies verborgene Tränen schließlich einen Weg in sein Herz finden, stellt sich nur eine Frage:

Kann ein Windham wirklich lieben?

Verlorene Träume
Band 3 der Windham - Reihe

Ein unheimlicher Spuk in Donovan Castle droht für Rose Weston, die nach einem Gedächtnisverlust für eine einfache Magd gehalten wird, zur tödlichen Gefahr zu werden. Bei der Suche nach ihrer Erinnerung und ihren verlorenen Träumen erwachen nie gekannte Gefühle in ihr, denn nur Alexander Hatfield, der gefürchtete Söldner des Königs, scheint in der Lage zu sein, Rose zu beschützen und das Rätsel um Donovan Castle aufzuklären.

Doch Alex' Dienste haben ihren Preis ...

Aus Nebel geboren
Band 1 der Darkest Red - Serie

Als ein kostbarer Edelstein in Fay Ledoux' Hände fällt, ahnt die mittellose Stripperin nicht, welch unvorstellbare Kraft dieser birgt. Sie gerät ins Visier mächtiger Feinde, und nur Julien Colombier scheint in der Lage, für ihre Sicherheit zu sorgen. Doch kann sie dem geheimnisvollen Fremden vertrauen, der sein Leben einzig und allein dem Schutz dieser Reliquie gewidmet hat?
Kann Julien seine Mission erfüllen, obwohl die Jagd nach der Wahrheit längst begonnen hat?

Von Flammen verzehrt
Band 2 der Darkest Red - Serie

Um Chloé aus den Fängen ihres grausamen Entführers zu befreien, folgen ihre Schwester Fay und Julien diesem nach Rom. Dessen perfides Spiel um Chloés Leben führt Julien in die tiefsten Abgründe seiner Vergangenheit und mitten in die Arme seiner schlimmsten Feinde.
Er muss sich entscheiden: Ist er bereit, diesen Preis für Chloés Sicherheit zu zahlen, oder ist ihm seine Mission wichtiger als Fay und die leidenschaftlichen Gefühle, die sie in ihm weckt?

Im Dunkel verborgen
Band 3 der Darkest Red - Serie

Fay kann nicht fassen, dass die Hüter der *Wahrheit* Julien verwundet und wehrlos dem Feind überlassen haben. Nach den fatalen Erlebnissen in Rom scheint das geheime Versteck in Irland der einzige Ort zu sein, der den Hütern, dem Elixier und den Frauen Sicherheit garantieren kann. Die Ereignisse überschlagen sich, als der Verräter aus ihrer Mitte zum Schlag ausholt und die Feinde der *Wahrheit* immer näher kommen.
Fays Liebe zu Julien ist nicht das Einzige, was jetzt auf dem Spiel steht ...